子どもが攫《さら》われるのを
黙って見ている
親なんかいない
どうやって
連れて来る気なんだ?
為せば成る!
おまえ
馬鹿だろう?
ふん

クラッシュ・ブレイズ

逆転のクレヴァス

茅田砂胡

Sunako Kayata

C★NOVELS Fantasia

口絵
挿画　鈴木理華
DTP　ハンズ・ミケ

1

チャイムに呼ばれてマーシャル夫人が玄関の扉を開けると、優しい面立ちの、二十歳くらいの青年が立っていて、軽く頭を下げてきた。

「初めまして。ルーファス・ラヴィーと言います。亡くなったお嬢さんのことで伺《うかが》いました」

夫人の顔色がさっと変わった。

突然なくした娘を忘れる母親はいない。

しかし、思い出すのも辛いと感じているとしたら、娘を失った悲しみから懸命《けんめい》に立ち直ろうとしている最中《さなか》であるなら、見知らぬ客に詮索《せんさく》されたくないと考えるのは当然と言える。

お帰りください、と反射的に言おうとした夫人を押しとどめたのは青年の横にいた子どもの声だった。

「カレンはわたしと一緒でした」

雪のような銀髪で、顔立ちは天使のように美しく、声も優しく口調も穏やかである。

女の子にしか思えないが、その表情に滲《にじ》む何かが相手が少年であることを夫人に悟らせた。

「あの子と一緒だった？」

「はい。シェラ・ファロットと申します」

丁寧《ていねい》に名乗って、少年は続けた。

「わたしもあの河原にいて濁流《だくりゅう》に流されたんです。本当はもっと早くお伺いするべきでしたが……」

青年が控えめに口を出す。

「ぼくたちは連邦大学から来ました。この子は救助された後すぐに向こうに運ばれて、それからずっと入院していたんです。退院した後も学校がなかなか渡航許可を出さなくて……あんな事件の後ですから当然ですけど、それで遅くなりました。こちらには手紙か何かでお知らせしたらと言ったんですけど、どうしても自分の口からご両親にお嬢さんのことをお話ししたいと言うものですから」

マーシャル夫人は息を呑《の》んで少年を見つめていた。

彼女の娘は数ヶ月前、川で溺《おぼ》れて死んだ。友達は誰も一緒にいなかった。今までそう思っていた。

カレンの死は事故として処理されている。

しかし、勝手な憶測をさも事実であるかのように言う連中はどこにでもいるもので、最近になって、一部の週刊誌がカレンは自殺だと報道したのだ。

カレンが合宿に行くと嘘《うそ》を吐《つ》いて家を出たこと、水が嫌いで川には滅多に近寄ろうとしなかったのに、川で溺れたことなどからだ。

小さな扱いの記事だったが、カレンの両親はこの記事に猛抗議した。ところが、それをまた好都合と喜んで『親子の確執』と書き立てる始末だ。

シェラは連邦大学惑星にいてその事実を知った。

知った以上は、どうしてもご両親に会わなくてはならないと思ったと告げて、きっぱりと言った。

「カレンは自殺なんかしていません」

青年も言葉を添えた。

「お嬢さんを思い出してお辛いのはわかりますけど、よかったら、この子の話を聞いてもらえませんか」

そろそろ北風の厳しい季節である。

陽射《ひざ》しはあってもあまり暖かいとは言えない。

いつまでも二人を玄関先に立たせてはおけないと思ったのか、夫人は躊躇《ためら》いがちに言った。

「……どうぞ、入ってください」

リィは少し離れた場所で、二人がマーシャル家の玄関をくぐるのを見ていた。

最初は別行動の予定ではなかった。自分も一緒に行くつもりだったが、二人が難色を示したのだ。

ルウの言い分は以下の通りである。

「ぼくはシェラの保護者。十三歳の子どもが一人で見ず知らずのお宅を訪ねるのはおかしいもん」

「だったら、おれがいてもかまわないだろう」

別に一緒に行きたかったわけではないが、故意に外される理由がわからなかったし、不満でもあった。

しかし、黒い天使は真顔で言い諭《さと》したのである。

「理由は二つ。初めてのお宅を訪問するのに三人は多すぎる。もう一つ――これが肝心《かんじん》だけど、きみは必要以上に目立ちすぎる」

「はあ？」

今さら何を言うのかと思ったが、シェラもルウの言い分に賛成した。

「あちらのお宅はお子さんの一人を亡くしてから、まだそれほど経っていないんです。そこにあなたのような――なんと言いますか、生気に満ちあふれた眩《まぶ》しい人を連れて行くのは……」

そう言う自分も月の天使のように美しいくせに、シェラは見慣れたはずのリィの姿をじっくり眺《なが》めて、嘆息《たんそく》しながら首を振ったのである。

「だめですね、どう考えても。お気の毒すぎます」

ルウも真顔で頷《うなず》いた。

「別の意味で目の毒だよ」


さっぱり意味がわからなかった。

ただ、もともと人の顔の造作《ぞうさく》について（もちろん自分のそれも含めてだ）リィは極めて疎《うと》かったので、恐らく自分には見えないものがこの二人には見えているのだろうと、それによって気づくこともあるのだろうと納得して、深くは追及せずに引き下がった。

事情を説明するだけであるから、それほど時間は掛かるまい。周囲を一回りすることにした。

のどかな住宅街である。豪邸とまでは言えないが、大きな邸宅が立ち並び、どの家にも広い庭がある。この佇《たたず》まいからすると、一般的な市民より裕福な家が集まっているようだった。

日曜の昼間である。庭の手入れに励《はげ》む人もいれば、談笑しながら散歩をする老夫婦もいる。

広い道路は休日は通行止めになっているようで、フットボールやキャッチボールを楽しむ少年たちや、自転車を走らせる子どもたちの笑い声が響いている。

遊歩道には休憩用の長椅子や水飲み場があって、

視線の高さにいろいろな草花の植え込みがつくられ、通りかかる人の目を楽しませる仕掛けになっている。

眼の前の遊歩道に蹴《け》り損なったボールが飛び込み、リィはそれを拾って投げ返してやった。

受け取った少年は礼を言うのも忘れて、ぽかんと立ちつくした。いつものことなので気にも留めずに、呆気《あっけ》にとられた視線を横顔に受けながら通り過ぎる。

自分の容姿が人目を引く部類に入るということは（不本意ながら）リィにもわかっている。

ただ、まったく自覚がないだけだ。

今日のリィは赤いセーターを着ていた。シェラのお手製である。

よほど近くで眺めてもこれが手編みと気づく人は少ないだろう。そのくらい超絶技巧《ぎこう》を凝《こ》らしてあり、華やかな赤い毛糸がリィの金髪によく映えている。

これをカレンに見せたいから、一緒にお墓参りに行って欲しいというのがシェラの希望だったのだ。

正面からゆっくりと高級車が近づいてきた。

通行止めでも、住民の車ならその限りではない。リィとすれ違った直後に車が止まり、車から人が降りる気配がしても別におかしなことではない。

だが、その人物は不意に声を掛けてきた。

「ヴィッキー？」

リィは不思議そうに振り返った。

それは確かに自分の呼び名の一つには違いないが、そこに立っていたのは得体の知れない男だった。

身長は百七十五くらい、痩《や》せていて、猫背気味で、高級車には似合わないよれよれの外套《コート》を着ている。

伸ばした長髪はろくに櫛《くし》も当てておらず、前髪で眼が隠れて、顔の下半分も無精髭《ひげ》に覆《おお》われていて、人相がよくわからない。

初めて見る男なのは間違いなかった。極め付きに怪《あや》しくもあるが、敵意は感じなかった。害意もだ。

それを感じ取る直感にリィは自信を持っている。

邪《よこしま》な気持ちを持って近づいてくるものは瞬時に察することができる。

理屈ではない。本能が見分けるものだ。

野生動物に匹敵するその勘で今日まで生き残ってきたと言ってもいいが、この時ばかりは自分のその勘働きを根底から疑う羽目になった。

「一緒に来てくれ」

ポケットから取り出した男の手には銃が握られ、銃口はまっすぐリィの胸を狙っていたのである。

リィは銃口をまじまじと見つめたまま、微動だにしなかった。

普通の子どもなら命が危険に晒《さら》されている状況を理解できずに茫然《ぼうぜん》と立ちつくすか、悪戯《いたずら》だと思って笑い出すかだろうが、リィに限ってそれはない。

だからといって恐怖を感じたわけでもない。

強《し》いて言うなら、呆気にとられたというのが一番近かったかもしれない。

なぜなら今は休日の昼下がり、場所は散歩をする人の姿も目立つ遊歩道である。

場所にしても、時間にしても、銃を持ち出すには極めてふさわしくない。

ここでリィが大声を上げたら（そんな真似をする気は毛頭なかったが、それが自然な反応のはずだ）この男はいったいどうする気だったのかと、銃口を向けられた人間としては極めて冷静に考えていると、男は困ったような口調で言ってきた。

「きみを傷つけるつもりはない。本当だ。頼むから一緒に来てくれ」

声は思ったより若い。顎《あご》をしゃくる仕草だけで、車に乗るようにと促《うなが》してくる。

それでやっと相手の狙いが飲み込めた。

リィは大真面目に尋ねていた。

「これって誘拐《ゆうかい》？」

男は負けず劣らず大真面目に頷いた。

「そうだ」

2

休日だったので、マーシャル氏も家にいた。

夫妻の前で、シェラは固い顔つきで当日のことを手短に語ったのである。

カレンが嘘《うそ》を吐《つ》いて家を出たのは、モデルとしてデビューできる上、有名な娯楽番組に出演できると思ったから、そのために学校を休むことになっても仕方がないと割り切ったからだ。

「人生を変える機会だとカレンは言っていました。そんなふうに向こう見ずなところもありましたけど、彼女は明るくて前向きで、頭のいい人で、家出など決して考えていませんでした。もちろん自殺もです。それだけはお話ししておきたかったのです」

マーシャル夫妻は青ざめていた。夫人は息を呑《の》み、マーシャル氏は声を震わせながら身を乗り出した。

「その男たちのせいで娘は死んだと言うんですか」

ルウが答えた。

「結果的にそうなります」

「ありがとう。よくぞ知らせてくださった。そんな方法で娘を誘い出したあげく死なせたなんて……」

今すぐ番組を訴えてやると息巻くマーシャル氏に、ルウは首を振った。

「こちらで番組に問い合わせてみたところ、職員《スタッフ》と名乗ったその男たちは存在しないそうです」

「何ですと？」

「高校生にはとても人気のある番組のようですから。たぶん、外部の人間が職員を騙《かた》ったんでしょうね」

マーシャル氏が真っ赤になった。

「それなら警察に知らせます。犯人の男たちに娘を死なせた罪の報いを受けさせてやる」

ルウは二度首を振った。

「犯人は既に死んでいます。彼らもあの河原にいて濁流《だくりゅう》に流されたんですから」

「いいや、そう決めつけることはできないでしょう。この子が助かったように、犯人の男たちもどこかでのうのうと生き延びているかもしれない」

感情的に口にして、マーシャル氏ははっとした。今の台詞《せりふ》では生き延びたシェラが悪いかのように聞こえてしまうからだ。肩を落とした。

「すまない。きみも大変な目に遭《あ》ったのに……」

「いいんです」

静かにシェラは答えた。

この家に来る以上、わかっていたことだ。

うちの娘は死んだのになぜきみだけ生きていると、面と向かって口にしたり取り乱したりしない分だけ、この人たちはまだ理性的だと好意的に考えていた。

ルウが言う。

「犯人の男たちと思われる遺体も見つかっています。ここからずいぶん離れた海岸に打ち上げられたので、地元の警察はカペット川の洪水とは関連づけて考えなかったようですけど、服装からしてその男たちに間違いないと、この子は言ってます」

夫妻に見つめられて、シェラは小さく頷《うなず》いた。

夫人が嗚咽《おえつ》を堪《こら》え、マーシャル氏はやりきれない思いに肩を震わせている。その男たちのせいで娘が死んだようなものだと知っても、彼らには為《な》す術《すべ》がない。その男たちが既に死んでしまっているのなら罪を問うことも、敵《かたき》を討つこともできない。

シェラは軽く頭を下げた。

「お邪魔しました」

ルウも同様にして立ち上がった。

夫妻は二人を玄関まで見送ってくれ、その夫妻を振り返って、シェラは言った。

「わたしはカレンが好きでした」

「…………」

「あの日初めて会って、ほんの二時間くらい一緒にいただけですが、彼女はとてもすてきな人でした。

——残念です。本当に。お悔《くや》み申し上げます」

マーシャル夫人は最後に、眼に涙を浮かべながらシェラを抱きしめた。

マーシャル氏もルウと固い握手を交わした。


家を出たシェラはそっと息を吐いた。

夫妻に話した説明は半分は本当で、半分は嘘だ。

カレンがなぜ死んだか、実際には何があったのか、それは言うわけにはいかないことだった。結果的にでたらめを話しに来ただけのようで気が重かったが、横を歩くルウが話しかけてきた。

「来てよかったみたいだね」

「そう思いますか？」

「そうだよ。気がつかなかった？　あの家には他に子どもが二人いるはずなのに、家の中に全然活気がなくて、ご主人も奥さんもひどく暗い顔をしてた」

「カレンの死からまだ立ち直れないのでしょう」

「うん。だけど、それだけじゃない」

あの自殺説報道が追い討ちになったのだ。

突然娘を失っただけでも大打撃なのに、その娘が自殺だと囃《はや》し立てられて平気でいられるはずがない。

あの子が自殺などするはずはないと思いながらも、カレンが嘘を吐いて家を出たのは確かなことだ。

もしかしたらという疑念は見えない棘《とげ》のように、夫妻の心に突き刺さって抜けなかったのだろう。

「だからね、今日きみが来たのはあの家族にとっていいことだったんだよ」

この人はこういうことをさらりと言う。

こちらを励《はげ》まそうとしているのではなく、本当に思ったことを口にしているだけなのがわかるので、シェラも素直に微笑して感想を口にした。

「無駄足にならなかったのなら、ほっとしました」

それから二人は近くにいるはずのリィを探した。

もともと異様なくらい気配に敏感な人である。二人が用事を済ませて出てくれば、それを察して向こうから出てくるはずだった。

ところが、いくら待っても現れない。

この後はカレンの墓参りに行く予定になっていて、先に一人で行ってしまったとは考えにくい。

住宅地を一回りしてみても、どこにもあの目立つ姿がないことに首を傾《かし》げて、ルウは自転車の練習をしていた子どもたちに声を掛けてみた。

「きみたち。この辺りで赤いセーターを着た金髪の、とってもきれいなお姉ちゃんを見なかった？」

本人に聞かれたら瞬殺されそうな形容であるが、子どもたちは口々に答えたのである。

「見たよ。車に乗ってった」

「すごく高そうな車だったよ」

ルウとシェラは思わず顔を見合わせた。


最高速度で走る車の後部座席にちょこんと座ったリィは複雑な面持ちでいた。

前席では、あの男が運転している。

車の中には他に誰もいない。リィ自身、縛られているわけでも口を塞《ふさ》がれているわけでもない。

ごく普通に車に乗っている状態だ。

銃をしまった男は自分で車の後部扉を開けると、「乗ってくれ」と言ったのである。

車内に誰もいないのは見ればわかるから、リィは念を押す意味で問いかけた。

「ここに乗ればいいの？」

「そうだ。すまないが、しばらくつきあってくれ」

リィは少し考えて、言われたとおりにした。

この男は自分に銃を向けてきた。普段の自分ならその時点でこの男を立派な敵と見なし、問答無用で叩きのめしているところだ。

それをしなかったのは近くに子どもたちや老人の姿があったので、万が一にもその人たちに流れ弾《だま》が当たるのを避けたかったのが一つ。

もう一つ、意外だったのは、

「傷つけるつもりはない」

と言ったこの男の言葉が、真実に聞こえたことだ。

銃を向けながらの台詞である。矛盾《むじゅん》しているが、どうも本気で言っているように思えたのだ。

　そもそも、この誘拐犯《ゆうかいはん》はやることなすこと、実にちぐはぐで奇妙だった。

　真っ昼間に人気《ひとけ》のある場所で銃などを持ち出して誘拐を決行したこともそうなら、今も攫《さら》った相手をまったく自由な状態で車の後部座席に乗せている。

　常識的に考えて、こういう場合は攫った子どもに目隠しをするとか、猿轡《さるぐつわ》をかませるとか、その上で手足を縛って後部のトランクに詰めるとかするのが普通ではないのだろうかとリィは考えていた。

　以前、犯罪実録《ドキュメンタリー》で見たことがある。

　誘拐事件で重視されるのは犯人の検挙率ではなく、人質の生還率だ。そして、その比率は人質の年齢と密接に関係しており、人質が幼ければ幼いほど高い傾向があるという。

　言うまでもなく証言能力の問題だ。

　誘拐をビジネスにしている組織の犯行は別として、普通の市民が一攫千金《いっかくせんきん》を企んだ場合、自分の人相を知られるのは絶対に避けたい事態だ。顔を見られた相手を生かしておいたら自分の身が危うくなる。

　従って犯人が覆面《ふくめん》で顔を隠す、もしくは目隠しをするなどして人質に顔を見せないようにしていれば、人質を生きて返す意思があるものと思っていい。

　それを考えると、この男はリィをごく普通に車に乗せて、自分は運転に集中して、後部座席のリィにあまり注意を払っていない。「騒いだら殺すぞ」と脅《おど》すわけでもない。殺す気満々なのかと思いきや、完全に自由にさせている。

　子ども一人くらいあしらえると思っているのかもしれないが、リィが窓を開けて一声「助けて！」と叫んだらこの男は一巻の終わりなのだ。

　おかげで、誘拐されたはずのリィのほうが非常に居心地の悪い思いをしていた。

　最初に感じたことでもあるが、自分が抵抗したら、素直に従わなかったら、この男はいったいどうするつもりだったのだろうと、逆に興味が湧いてきた。

もっとはっきり言えば、心配になった。

結果として、リィは模範的すぎるくらい模範的な『誘拐された子ども』をやっていたのである。

車は住宅街を離れ、ビジネス街と思われる一角に入っていった。

大通りの両側に高層建築が立ち並んでいる。

男はそのうちの一つの地下駐車場に入った。

入る際に認証が必要な駐車場である。自動機械が車と運転者を認識して初めて入れるものだ。

後ろから見ていたが、駐車場はそう多くない。

そして、駐車位置も決まっていないようだった。

男は慣れた仕草で車を止めて、リィを振り返った。

「降りてくれ」

駐車場の奥に歩いていくと昇降機があった。

掌《てのひら》を当てて個体情報を照合する形式である。

この建物自体、部外者は立ち入りできないようになっているらしい。

男は五階で降りた。絨毯《じゅうたん》の敷かれた長い廊下と、廊下の両脇に並ぶ扉が現れる。集合住宅のようだが、それにしてはどの扉にも表札や名札がない。

かといって、ホテルとも思えない。

受付を通らずに入れるホテルもあるが、未成年と成人男性が同じ部屋に泊まる場合、必ず血縁関係を証明しなければならないはずだ。

しかし、男が個体情報で開けた扉の中は、まさにホテルのようだった。それもかなり豪華な部屋だ。

ゆったりと広く、正面に大きな窓があり、立派な仕事机と椅子が置かれている。床に敷かれた絨毯も照明も、一流の調度品であることがリィにもわかる。

男は扉の鍵を掛けて言った。

「きみのお父さんに連絡を取りたいんだが」

リィは生まれ故郷の惑星ベルトランの現地時間を思い出しながら答えたのである。

「この時間なら仕事だと思う」

「仕事先の番号を知ってるかい？」

「本人のは知らない。秘書の携帯端末なら」

「それでいい。教えてくれ」

訊《き》かれた通りに答えてやると、男はポケットから携帯端末を取り出して掛け始めたので、リィは眼を丸くした。

二人が今いるのは惑星セントラル。

掛ける先は惑星ベルトランだ。

その間には何百光年という距離が横たわっている。

この両者を繋《つな》ぐには恒星間通信機が必要になる。

こんな個人用の端末では相手先を呼び出すことはできないはずだった。

少なくともリィは今までそう聞かされていたが、本当につながってしまったらしい。

その時になって、男はリィを見つめて言った。

「きみは——どっちだ?」

「どういう意味?」

「女の子か、男の子か?」

「男だよ」

すると男は端末に向かって言った。


「V氏の息子を預かった。例のものを用意してくれ。また連絡する」

通信を切った男は一仕事終えたように大きな息を吐いて、リィに笑顔を向けたのである。

「ありがとう。きみが協力的で助かるよ」

『どういたしまして』と言うべき場面なのか否か、真剣に悩んだリィだった。


ヴァレンタイン卿の秘書のジャック・ハモンドは有能な補佐官だった。ただちに行動を開始した。

ヴァレンタイン卿は州知事という要職にある。

幸い急な用件が入るのは珍しくない職業だから、ハモンドは何食わぬ顔で州議会の本会議場に入って、卿の耳元で「至急のお話があります」と囁《ささや》いた。

卿は当然、怪訝《けげん》そうな顔で問い質《ただ》した。

「何だ?」

「ここでは申し上げかねます……」

意図的に声を低めた秘書の顔つきに、卿も何かを感じ取ったのだろう。

　議長に声を掛けていったん休憩とし、席を立った。議場の外に出て二人きりになって、ハモンドから事情を聞くと、卿の顔色はみるみる青ざめた。

　対照的に秘書はあくまで冷静さを保って言う。

「発信元は非表示でした。わたしの独断で通信局に非常時の例外であると伝え、知事の権限で発信先を尋ねたのですが、探知回避措置を取っていたようで、通常の技術ではたどることができないそうです」

「悪戯《いたずら》ではないのか……？」

「それなら公衆端末から掛けてくれば済むことです。わざわざこんな手の込んだ真似をするということは本気であると考えるべきかと思います。――学校に確認してみたところ、ご子息は先程授業を終えられ、お友達と一緒に下校したとの返答でした。もちろん、その時までは何の異変もなかったとのことです」

　卿は大きく深呼吸して落ち着こうと努力した。

「登下校はいつもスクールバスだ。バスに乗る前にあの子が誘拐されたというのか？」

「考えにくい状況ですね。下校途中の子どもたちの眼の前で犯行に及ぶとは思えません」

　そんなことをしたら大騒ぎになる。

　今頃は学校から卿に連絡が入っているはずだ。

「まずはご子息が本当にスクールバスに乗ったのかどうかを確かめる必要があります。乗ったとしたら――これはあくまで最悪の可能性ですが、運転手が犯人の一味であるのかもしれません」

　そうだとしたら他の子どもたちも危険になる。

「バスの経路《ルート》はわかっているんだな？」

「はい。学校側に確認済です。ただ、このバスには現在地表示機能は備わっていないとのことです」

「わかった。州警察に出動を要請する」

　災難だったのはバスの運転手のトム・ホーガンと、卿の次男のチェイニー・ヴァレンタインである。

　トムは無事故無違反歴三十年を誇る熟練《ベテラン》運転手で、もう十年、小学校の送迎バスの一台を担当しており、子どもたちとも顔なじみだった。

この日も安全運転で子どもたちを送っていると、突如として、けたたましい警報《サイレン》が近づいてきた。

コーデリア・プレイス州は治安のいいところで、救急隊ならともかく、警察車両がこんな勢いで出動することは滅多にない。

何が起きたのだろうと疑問に思いながらもトムは自然と速度を落とした。警察車両を優先させるのは当然の交通法規だからである。そうしたら後方から猛追してきた十数台の警察車両がバスを包囲して、停止するように指示してきた。

逆らうことなど思いもよらず、指示通りにバスを止めると、武装した警官がわらわらと警察車両から飛び出してきてバスを取り囲んだ。

「扉を開けろ！」

まさかこのバスに爆弾でも仕掛けられたのかと、トムが慌《あわ》てて扉を開けると、乗り込んできた警官の一人がトムに銃口を突きつけて叫んだのだ。

「ハンドルから手を放して両手を上げろ！」

まさに青天の霹靂《へきれき》だった。トムは呆気《あっけ》にとられて大声で喚《わめ》いたのである。

「な、な、何です、あんたたちは⁉」

相手はそれ以上の大声で叫んだ。

「動くな！　州警察だ！」

座席の子どもたちはみんな唖然としている。警官たちの剣幕に怯《おび》えて、泣きそうになっている小さな女の子もいる。

バスの車内に運転手の他に大人の姿がないことを確認すると、警官の一人が鋭く言った。

「チェイニー・ヴァレンタインくんはいるか？」

痛いほど突き刺さる同級生の視線を感じながら、チェイニーが恐る恐る手を上げる。

警官たちは顔写真で彼を確認すると、その身体を引っさらうように抱きかかえた。

「何⁉　ちょっと待ってよ！」

荷物のように運ばれるのが我慢できずに暴れても、

警官たちはびくともしなかった。

「もう大丈夫だ。今すぐ家に連れて行くからね」

意味がわからなかった。自分は今まさにその家に戻ろうとしている途中だったのに、その当たり前のことをなぜこんな大騒ぎにしているのかと思った。

「放してってば！」

力の限りにもがいたが、抵抗空《むな》しくチェイニーはバスから連れ出されて、警察車両に押し込められて連行されたのである。

その頃、ヴァレンタイン卿は不測の事態に備えて自宅に戻り、卿の妻のマーガレットはこんな時間に戻ってきた夫に驚いて問い質した。

「どうしたの、アーサー。仕事中でしょう？」

「……マーガレット。気を確かに持って聞いてくれ。あまりいい話じゃない」

卿はなるべく妻に動揺を与えないようにしながら、息子の誘拐連絡があったことを告げたのである。

マーガレットの顔からみるみる血の気が引いた。

しかし、彼女がその恐怖から立ち直るより先に、大勢の警官に囲まれたチェイニーが卿の自宅に送り届けられたのである。

マーガレットは無我夢中で息子を抱きしめると、その顔中にキスの雨を降らせた。

卿も大きな安堵《あんど》の声を洩《も》らした。

「よかった！　無事だったか！」

「……ちっともよくない」

チェイニーがぶすっと答えるが、今の卿の耳には届いていなかった。満面に笑みを浮かべて警官隊に礼を言った。

「ありがとう！　よくやってくれました」

警官隊も務めを果たした満足感と、最悪の事態を避けられた喜びを顔に表している。

「ご子息が無事で何よりでした。他の子どもたちも怪我《けが》をしている様子はありません」

「本当に感謝します。運転手の関与は？」

「これから調べるところです」

「父さん！」

ここで我慢できなくなったチェイニーが爆発した。

大人の話に口を挟むなと常日頃言われているにも拘《かかわ》らず、十一歳の少年は憤然《ふんぜん》と叫んだのである。

「わけがわからないよ！　ちゃんと説明して！」

「おまえを誘拐したという連絡があったんだ」

「何を言ってるのさ！　この人たちのやったことが立派な誘拐だよ！　信じられない。無理やりバスを止めて人を引きずり出すなんて！」

母親が優しく息子をなだめた。

「チェイン、落ち着いて」

父親も初めて息子の話を聞く姿勢になった。

「じゃあ、誘拐されたわけじゃないんだな？」

「当たり前だろ！　トムに謝ってよ！」

チェイニーはかんかんに怒っている。その怒りは主に父親に向けられていたが、自分の話を無視した警官隊に向けられたものでもあった。

「誘拐なんかされてないって何度も言ってるのに！　全然聞いてくれない、信じてもくれないんだ！」

ヴァレンタイン卿はさすがに気まずい顔になった。

このままでは次男が警察不信に陥《おちい》りかねない。

咎《とが》めるような卿の視線を受けた警官も、決まりの悪そうな顔つきで少年に弁解した。

「すまないね。我々はきみを助けることを最優先に考えたんだ。その……きみ自身が誘拐された事実に気がついていない可能性もあったからね」

少年の頬《ほお》がますますふくれあがる。

「子どもじゃないんだから。誘拐されてるかくらい、自分でわかります」

チェイニーのこの言い分は正しいとは言えない。

大人でも、顔見知りが犯人だった場合、自分でも気がつかないうちに人里離れた別荘に軟禁されたり、身代金を要求されたりする可能性は充分にある。

経験豊富な警官隊の長はその事実を知っていたが、少年には言わなかった。笑って頷いた。

「そうだね。手段が強引だったことは謝るよ」

父親も熱心に言葉を添えた。

「チェイン。州警察の人たちはおまえを助けようとしてくれたんだ。おまえはその行動に感謝しないといけないぞ。今回は運良く間違いで済んだが、次に同じことが起きたら、父さんはまたおまえを助けてくれと警察に頼む。それが父親の権利だからだ」

少年は何か言おうと開いた口を閉ざした。

恐らくは、大げさだよと言いたかったのだろうが、父親の表情があまりにも真剣で、決意に満ちていて、茶化すような言葉を声にはできなかったのだ。

それでも、ここで引き下がっては男が廃《すた》る。

「でも、トムは……」

「わかっている。トムには本当に申し訳なかった。後で父さんがちゃんと謝っておく」

少年はありありと不信を顔に表して言った。

「ほんとだね？」

チェイニーの姉のドミューシアと妹のデイジー・ローズが庭から入って来た。

部屋の中に警官があふれている光景に、二人とも眼を丸くしている。

家政婦から詳しい説明を聞くと、ドミューシアはからかうように弟に話しかけた。

「あんた、誘拐されたの？」

「されてないって言ってるのに！　明日からどんな顔して学校に行けばいいのさ……」

どうやら警官にバスから引きずりだされたことが、少年には非常に『みっともない』汚点であるらしい。

この場には当然、卿の秘書のハモンドもいた。

胸を撫《な》で下ろして卿に話しかけた。

「どうやら悪戯だったようですね」

「まったく、人騒がせな！　あなたたちにもとんだご迷惑をおかけしました」

申し訳なさそうにねぎらいの言葉を掛けられて、警官隊の長は真剣な顔で首を振った。

「いえ、我々の出番なしに終わればむしろ幸いです。こちらは州でも指折りの裕福なお宅です。ヴァレンタイン州知事のご子息が誘拐されたと聞いた時は、我々も大変な事件になると覚悟しました」

ハモンドも警官隊に言葉を掛けた。

「今にして思えば奇妙な連絡でした。V氏の息子を誘拐したとだけしか言いませんでしたし、具体的な金額も要求してきませんでしたから」

ここで衝撃と喜びから立ち直ったマーガレットが、訝《いぶか》しげに口を挟んできた。

「息子を誘拐したと言ったんですか?」

「はい、奥さま」

「チェイニーを誘拐したとは言わなかった?」

「ええ、それが何か?」

ヴァレンタイン卿夫人は、ちょっと考えていたが、躊躇《ためら》いがちに夫に話しかけた。

「ねえ、アーサー」

「なんだい?」

「その息子って、リィのことじゃないのかしら?」

卿は驚愕《きょうがく》のあまり眼を剝《む》いた。

「エドワードを誘拐⁉」

卿だけではない。卿の息子も二人の娘も、大きく眼を見張って絶句している。

「いいや、マーガレット。それはありえない。あ、あのエドワードだぞ。いったい、どこの誰がどうやってあんなものを誘拐できるというんだ?」

実の父親が顔をしかめながらきっぱり断言すれば、実の母親も負けず劣らず真剣な顔で頷いた。

「わたしもそう思うけど、あなたの息子はあの子とチェイニーの二人でしょう。犯人はあなたの息子を誘拐したと言ったのだから、チェイニーが無事なら、攫われたのはリィしかいないと思うのよ。それとも——」

彼女は実に無邪気《むじゃき》に夫に問いかけた。

「あなた、他にもどこかに息子がいるの?」

「マーガレット……」

卿は思わず頭を抱えたが、州警察の面々は緊張の面持ちで卿に問い質した。

「もう一人、ご子息がいらっしゃるんですか？」

「ええ。連邦大学に通う長男がいるにはいますが」

「ご長男は秘書の方の端末番号は？」

ハモンドが答える。

「ご存じです。わたしが教えましたした」

「ご長男はおいくつです？」

「十三歳です」

警官隊がざわっとどよめいた。

「すぐに連邦大学に問い合わせてください。それは誘拐されても少しもおかしくない年頃です」

「いえ、警部。その必要はありませんよ。わたしの口から言うのも何ですが、あれは誘拐されるような子ではありません」

ヴァレンタイン卿は自信満々の笑顔で言い切り、卿の息子と娘も全面的に父親に同意した。

「いくら何でもそれは……」

「無理だって。絶対」

ドミューシアとチェイニーだけでなく、末っ子のデイジー・ローズまでが首を傾げている。

「リィを誘拐って……できるの？」

末娘の問いかけの視線を浴びた父親はしばし考え、おもむろに首を振った。

「公平に考えて難しいだろうな。甘い言葉で騙《だま》して誘い出すことを誘拐というんだ。犯人がどんな誘い文句を使っても、あの子を騙すのは至難の業《わざ》だ」

マーガレットも頷いた。

「でしょうね。あの子、しっかりしてるから」

あり得ないくらい楽天的な家族に、警官隊の長がほとほと呆《あき》れた顔つきで口を挟んでくる。

「皆さん。そんな希望は忘れてください。どんなにしっかりしていても、ご長男はまだ子どもなんです。力ずくで連れて行かれたのかもしれません」

ドミューシアが控えめに申し出た。

「それはもっと無理です。男の人が五人がかりでもあの子には太刀打《たちう》ちできませんから」

警官隊の長は嘆息《たんそく》しながら首を振った。

この家族には事態の深刻さが全然わかっていない。

仮に卿の長男が誘拐されたとしても、それは他の惑星で起きた事件である。自分たちには関係ない。

このまま引き上げても咎められはしないだろうが、警察官として、この脳天気な家族に注意を促《うなが》すのが自らの責務だと考えた彼は根気よく言い聞かせた。

「油断は禁物です。ご長男はたったの十三歳ですよ。大人に掛かったらひとたまりもない。誘拐犯の常《じょう》套《とう》手段として銃で脅したり、何か薬を使って身体の自由を奪うことも考えられる。そうすればご子息をおとなしくさせることなど簡単ですよ」

ヴァレンタイン家の人々は何とも奇妙な、非常に気の毒そうな眼つきで警官隊の長を見たものだ。

卿がごほんと咳《せき》払いして言う。

「あー、警部。確かにそれが世間の一般常識であるという点についてはわたしも同意しますが……」

ドミューシアが神妙な顔で続けた。

「あたしはもちろん、銃を持った男五人のつもりで言ってますけど……」

母親が大真面目に付け加える。

「それでも足らないいんじゃないかしら？」

警部は明らかに頭痛を覚え始めていたが、相手は曲がりなりにも州知事閣下とそのご家族である。

ふざけてるのか！　と一喝《いっかつ》するわけにもいかず、顔をしかめながら質問した。

「ご長男は超人戦隊の隊員か何かでしょうか？」

彼はもちろん皮肉のつもりで言ったのであるが、十一歳の次男が真剣な顔で頷いた。

「それに近いと思います。そりゃあ空を飛んだり、素手《すで》で岩を砕いたりはできませんけど」

「でも、一種の人外生物です」

長女の台詞に、母親が笑って抗議する。

「あらあら、わたしは一応、人間を産んだつもりよ。ちょっと変わっているかもしれないけど、あの子も普通の中学生には違いないんだから」

「母さん。それを聞かれたら、アイクライン校生とフォンダム寮生全員の署名入りの抗議文が届くわ」

　さらに父親が真顔で疑問を呈してくる。

「あの子を取り押さえるには最低でも十人は必要だ。それも入念に武装した上での話だが、エドワードが今いるのは連邦大学惑星だぞ」

　そこに短期留学をしていた長女が言う。

「治安の良さは半端じゃないわよ。女子大生が夜、一人で外を歩けるところだもん」

「そうだ。民間人が銃を一丁、不法に持ち込もうとしただけで大騒ぎになるところだぞ。エドワードを攫えるほどの戦力を調えられるとは考えにくい」

　八歳のデイジー・ローズが本当に不思議そうに、小声で兄に囁いた。

「リィをおとなしくさせるのって簡単なの？」

「だから無理だって。この間本で読んだんだけどさ、本当に頭のいい動物はどんな罠にもかからないし、薬入りの食べ物なんか見向きもしないんだぞ」

　マーガレットが笑って息子を褒《ほ》めた。

「うまいわ、チェイン。あの子はとっても頭のいい、きれいな獣《けもの》みたいですものね」

　幼い娘が反発した。

「違うわ。戦いの天使さまよ」

「どっちでもいいけどさ。もし本当にそんなことができたとしたら、その誘拐犯を尊敬するよ」

「そう？　わたしなら同情するわね、その犯人に」

　のんびりと言った母親の言葉に、幼い娘と次男は顔を見合わせた。

　長女も初めて気遣わしげな顔になった。

「――父さん。やっぱり学校に確認してみたほうがいいんじゃない？」

「おまえたちの言うとおりだ」

　かくてヴァレンタイン卿は息子の安否を確認するためではなく、息子を誘拐したかもしれない犯人の身を案じて恒星間通信を申し込んだのである。

　ここまでの寸劇《コント》としか思えないやりとりを、警官隊の面々も隊長の警部も忍の一字で堪えていた。

小声で秘書に問い質してみる。

「……失礼ですが、その子は本当に血のつながった知事のお子さんなんですか?」

「もちろんですとも」

秘書は心底意外そうに答えたが、警部にとってはさらに事態の混迷を深める事実である。

「とてもそうは思えないんですがね。正直なところ、どういうお子さんなんです?」

「お母さま思いですし、ご兄弟とも仲のよろしい、ごく普通の少年ですよ。それは間違いありません。ただ、ほんの少しばかりですが、常識の通用しない部分をお持ちなのも確かです」

めいっぱい控えめな模範解答である。

ヴァレンタイン卿は長男の住む寮と恒星間通信で話すと、やや顔色をあらためて警官隊を振り返った。

「今日は休日で、寮には外出届が出ているそうです。行き先は惑星セントラル。エポン島です」

警官隊の長は内心舌打ちする思いで言った。

「子ども一人で外洋型宇宙船に乗れるはずがない。誰が付き添っていたかわかりますか?」

「心当たりはあります。乗客名簿があればはっきりするでしょう。入手できますか」

「誘拐事件の捜査ということであれば、連邦大学に協力を要請できるはずです」

ほどなくリィが乗った便の乗客名簿が届いた。

その中にルーファス・ラヴィーの名前を見つけて、卿は舌打ちしながらも警官隊に頼んだのである。

「セントラルの警察に連絡してください」


ルウとシェラはメイヒューの住宅街を少し離れた喫茶店で、お茶を飲んでいた。

リィが車に乗っていったと子どもたちは言ったが、その車がどんな車か、どこに行ったかはわからない。

普通なら、保護者のルウは真っ青になって即座に警察に届け出なければならない状況だが、この人にそんな正常《ノーマル》な反応を期待しても無駄である。

「焦《あせ》ってもしょうがないしね。あの子のことだから、そのうち何か言ってくるでしょ」

と、極めてあっさりした態度だったし、シェラもその意見に賛成だった。

リィが自分の意思で車に乗ったのなら、心配には及ばないと思ったのだ。

ちょうどお腹も空く頃だったので、昼食を兼ねてサンドイッチやパスタ、ケーキやパイなども頼んで舌鼓《したつづみ》を打っていると、ルウの携帯端末が鳴った。

出てみると、知らない男の声が話しかけてきた。

「連邦警察のコール警部です。これはルーファス・ラヴィーさんの端末ですか？」

「そうですけど」

「ベルトランの州警察から連絡が入っていますので、おつなぎします」

ずいぶん遠くからの呼び出しである。驚いたが、その州警察も中継点の一つにすぎなかったようで、ほどなくヴァレンタイン卿の声が話しかけてきた。

「エドワードはそこにいるか？」

前置き抜きの切り出しに、ルウも端的に答えた。

「今はいないよ」

「おまえと一緒なんだな？」

「だから、今はいないってば。——どうしたの？」

卿の話を聞いて、ルウは思わず問い返した。

「エディを誘拐した？」

「ああ。そんなはずはないだろうが、一応確認しておこうと思ってな。そこにいるならいいんだ」

「待って。——それ、当たってるかもしれないよ」

「何だと？」

「さっきから連絡が取れないんだ。いっぺん切ってこっちから掛け直す。——アーサー、今どこ？」

警察を二カ所も中継しているのだ。迂闊《うかつ》なことは言えない。卿もすぐさま呑み込んで答えてきた。

「自宅だ。書斎に掛けてくれ。ぼくが直接取る」

通話を切ったルウの前でシェラが食事の手を止め、訝しげに尋ねてきた。

「あの人が誘拐ですか？」

「アーサーの話だとそうらしい」

今日はあちこち動き回る予定だったので、宙港を出た後、ルウは車を借りていた。

勘定《かんじょう》を済ませ、シェラを連れて最寄りの恒星間通信施設に向かい、そこからあらためて卿の自宅に連絡した。

ルウたちに何も言わずにリィがいなくなったこと、車に乗るリィの姿が目撃されていることを聞いて、ヴァレンタイン卿は驚愕の叫びを発したのである。

「自分で車に乗った？　馬鹿な⁉」

「同感。だから誘拐じゃないよ。誘拐っていうのはうまくそそのかして誘い出すことを言うんだから、あの子に限ってそれはあり得ない。犯人がどんなにじょうずな口説《くど》き文句を並べたところで、あの子がそう簡単に騙されるはずがない」

奇しくも卿と同じことを言って、ルウは続けた。

「一つ可能性があるとしたら、あの辺りは人通りの多い住宅街なんだ。今日は休みだから、道路で遊ぶ子どもたちもたくさん見たよ。おとなしくしないとその子たちを無差別に撃つとか殺すとか言われたら——エディならきっと素直に車に乗る」

通信画面の中で卿が歯ぎしりした。

「……連邦警察に正式に捜査を依頼する。おまえも協力してくれ」

「それはまだ早いんじゃない？　脅されたにしても、あの子は自分の意思で犯人と一緒に行ったんだから、自分で戻ってくるよ」

「ルウ。もしおまえが今言ったとおりだとしたら、エドワードの救出はもちろんだが、ぼくがもっとも心配しているのは犯人の身の安全なんだ」

この状況で息子より犯人を気遣う父親は珍しいを通り越して普通あり得ない。

しかし、ルウには卿の懸念《けねん》がよくわかった。

息子を人殺しにはさせられない。それだけは何が何でも防がなくてはと思っているのだ。

「大丈夫。あの子はやらないよ」

「断言できるのか？」

「まあ……犯人をちょっとぼこぼこにするくらいはやるかもしれないけど」

隣でシェラが無言で頷いている。

あの金の戦士は姑息な手段を何より嫌う人だ。

他の人間の命を盾《たて》に取られてやむなく従ったなら、犯人にそれ相応の報いを受けさせないはずはない。

書斎で話していたヴァレンタイン卿は顔を上げて、妻と子どもたちがいないことを確認すると、画面に向き直って声を低めた。

「それにだ、矛盾しているのは百も承知だが、誘拐された子どもの父親らしいことを言わせてもらえば、おまえ、あの子が無事だと本当に言い切れるのか？親としてはこんなことは考えたくもないが、あれは見た目だけなら文句のつけようのない子だぞ」

年頃の少女を誘拐された父親のような気遣いも、決して過剰《かじょう》なものとは言えない。

黙って座っていればという厳しい条件つきだが、リィは天使と見紛《みまが》うばかりの美貌《びぼう》の少年である。

犯人がよからぬことを考える可能性は充分あるが、ルウは肩をすくめて首を振った。

「それこそあの子の思うつぼだよ。次の瞬間、誘拐犯人の惨殺《ざんさつ》死体ができあがる」

「だからそれだけは避けろと言ってるんだ！」

「だからやったりしないってば。今のは言葉の綾《あや》。ちょっと痛めつけるくらいですませるはずだよ」

問題はその『ちょっと』がどの程度なのかだが、ルウは他のことを尋ねた。

「犯人はいくら要求してきたの？」

「金じゃない。『例のものを用意しろ』と言った」

「何それ？　まるっきり映画みたいな台詞だね」

「同感だ。何より困るのはそれが何なのかまったく見当がつかないということだ」

「心当たりがないの？」

「ないんだ。いくら考えてもわからん」

ヴァレンタイン卿が困惑して言うと、通信相手が秘書のハモンドに替わった。彼は慎重な性格なので、一つ一つ考えるようにしながら言ってきた。

「卿の職務に大きな利権が絡むことはままあります。ですからたとえば、あの書類には署名するな、あの議決を取り消せと要求するなら心当たりがあります。その逆に、あの条例を成立させろ、この認可をすぐ寄越せという要求であっても何件か思い当たります。しかし、『例のもの』という言葉は具体的な物品か情報を指すものです。特定の個人——範囲を広げて団体と仮定したとしても、誘拐を働いてまで欲する物品や情報となると……」

卿以上に卿の仕事の内容を把握《はあく》している秘書にも、何を指しているのか特定できないらしい。

「第一、自らの利得に関わるこんな要求をしたら、自分が犯人だと白状するようなものです」

ハモンドの言い分には筋が通っている。

「次の要求はまだない？」

「はい。こちらがその『例のもの』を用意するのを待っているのかもしれません」

「いつまでに用意しろとも言わなかったんだ？」

ルウは本気で首を傾げていた。ずいぶん変則的な誘拐犯である。

再び話し手が卿に替わった。

「とにかく、捜査は依頼するからな」

「あんまり大事《おおごと》にはしたくないんだけどなあ……」

ぼやいたところで意味がない。

内密に片づけようにも今となっては不可能だ。

既にリィの誘拐はコーデリア・プレイス州警察と連邦警察の知るところとなっている。

「学校側にはぼくから連絡しておく。生徒たちにはまさか本当のことは言えない。身内に急病人が出て、見舞いに行くことになったとでも伝えてもらおう」

「そうだね。それがいい」

通話を切って、ルウはシェラを振り返った。

「ぼくたちもあの子を探しに行こうか」

それがわからないから苦労しているはずなのに、ルウは至って気楽な調子で通信施設を出ると、車を止めてある駐車場に向かったのである。

その後をついて歩きながら、シェラは遠慮がちに話しかけた。

「卿のおっしゃることはもっともだと思います」

「あの子が無事かってこと？」

「はい」

シェラは頷いて、

「自分で車に乗ったのは勝算があったからでしょう。あの人は言うまでもなく第一級の戦士です。どんな敵でもどんな罠でも躱《かわ》す人ではありますが、物事に絶対はありません。先日わたしも体験しましたが、こちらの科学技術を使えば、相手に指一本触れずに身体の自由を奪うことも可能なんです。——いくらあの人でも呼吸をしないではいられません」

ルウも見た目ほど冷静だったわけではない。

子どもたちを巻き添えにしたくなかっただけなら、リィはとっくに戻って来ているはずだからだ。

「アーサーにはああ言ったけど……」

夜の天使は小さく舌打ちして、不意に屈《かが》みこむと、木立の下に落ちていた小枝を拾い上げて言った。

「もしあの子が自由に動けない状態でいるとしたら、犯人を警察なんかには渡せないよね」

清楚《せいそ》な月の天使が真顔で続ける。

「その時はわたしが引き受けます」

「だめだよ。ぼくがやる」

「では二人で」

これだけは譲れないとばかりにシェラは微笑《ほほえ》んで、さらりと続けた。

「先日、現代科学捜査を扱った番組で見ましたが、死体がなければ事件にはならないそうですよ」

長男の誘拐が事実だったことを父親が告げると、母親も兄弟たちも新たな驚きに眼を丸くした。

「間抜けな犯人だなあ！」

十一歳の次男が大きな声で言えば、八歳の末娘も困ったような笑い出したいのを我慢しているような、幼いなりに複雑な顔である。

長女も苦笑しながらとんちんかんな意見を述べた。

「やりすぎなきゃいいんだけどね。セントラルではどこまでが正当防衛って認めてもらえるんだろう」

父親までが真顔で頷いている。

「そこが問題だな。今のあの子には厳しい注文だが、平和的な解決を見るためにも、エドワードが分別を発揮《はっき》してくれることを祈るしかない」

一方、母親は胸を撫で下ろして、

「よかった。ルウが近くにいてくれるなら安心ね」

わけのわからないことを言っている。

州警察の警部は自分の精神の安定を保つためにも、この家族の言い分は頭から無視することに決めた。

まだいくらか話が通じそうな秘書に話しかけた。

「犯人は再びあなたの端末に掛けてくるはずです。協力していただきたい」

ところが、秘書までが戸惑い顔になった。

「それは困ります。これは仕事用の端末ですから。次の連絡があったら、その時はこのご自宅の番号を犯人に教えてもいいでしょうか？」

どうやらこの家には、誘拐された少年を心配する人間は一人もいないらしい。

問題の長男があまりに哀れで、気の毒で、警部は思わず天を仰いだのである。

3

窓の外は既に暗くなっていた。

（これじゃあ明日は無断欠席だな……）

出席日数を計算して、リィはため息を吐《つ》いた。

自分はただでさえ勤勉な生徒とは言えないのに、困ったものだと思いながら、ここで何日か休んでも、まだ落第にはならないだろうと自分を励《はげ》ました。

あの後、男はリィを隣の寝室に入れて、

「しばらくここにいてくれ。トイレは奥にある」

そう言って、鍵を掛けたのである。

それはいいのだが、既に七時間が過ぎている。

寝室には特大の寝台の他に木の家具があったが、通信機器の類《たぐい》も内線端末もない。

事実上、外部と連絡を取る手段はない。

窓は大きくて充分出られるが、ここは五階だ。

建物の壁に、足がかりになりそうな窓枠や足場はない。大声で叫べば、誰かが聞きつけてくれるかもしれないが、それをやったら隣の部屋の男がいくらなんでも気がつくだろう。

普通の子どもなら、こんな状況で七時間も一人で閉じこめられたら、すっかり心細くなるところだが、リィは違った。堂々と寝台に寝転がって（ただし、意識は鮮明に保って）身体を休めていた。

あの男は一度もこの寝室に顔を出していない。かといって外出したわけではない。耳を澄ませば、隣には依然として人の気配がある。

しかし、秘書に新たな要求をするでもなく、他の人間が訪ねてきた様子もない。

誰かと連絡を取り合う話し声も聞こえない。

ただ、制御卓《コンソール》を操作するようなささやかな物音がずっと続いているだけだ。

まさか自分がここにいることを忘れているんじゃ

ないだろうなと、さすがにリィが呆《あき》れて考えた時、何か小さなものが窓にこつんとあたる音がした。

頭を上げると、もう一度、同じ音がした。

上下開閉式の窓は自由に開けられるから、リィは身体を起こして窓を開けてみた。

その瞬間、外から飛び込んできたものがある。

危険は感じなかった。反射的に手に摑《つか》んだそれは個別包装のチョコレート（角形大粒）だった。

思わず下を見る。

そこは建物と建物の間の細い道になっていたが、ちゃんと人が通れるようになっていて街灯もある。

街灯の灯りの下で、ルウが手を振っていた。

隣ではシェラが跳ね返ったチョコレートを摑み、顔を出したリィに向かって、やはり手を振ってくる。

こんなものを命中させる制球力《コントロール》には感心するが、差し入れてもらっても甘いものは食べられないので、リィは地面に向かってチョコを投げ返した。

今度はルウが片手で摑み、呆れたような顔つきで手招きしてくる。

降りてこいと言っているのだろうが、リィは逆に相手を手招きした。

ここまで上がって来いよという意味である。

ルウは顔をしかめ、再び、降りてきなってば——という意味で手招きする。

リィも首を振った。いいから上がってこい——と、あくまで手招きする。

ルウの横で、シェラが小声で囁《ささや》いた。

「足を拘束《こうそく》されているのでは？」

「そんなふうには見えないけど」

ルウはため息を吐《つ》いて、建物の壁に取りついた。

真っ平らな壁でも、近くで見れば建材の継ぎ目があるもので、ルウはそのわずかな隙間を指で摑み、靴《くつ》を引っかけて、自分の身体を運んでいった。

いわゆるフリー・クライミングの技術である。

シェラは見張りのために地上に残ったが、器用に垂直の壁を登るルウを見上げて、自分もこの技術を体得しようと心に誓《ちか》った。

清楚《せいそ》な風情の銀の天使もこれでなかなか誇り高く、一人出遅れることをよしとしないのである。

五階分の壁を手足の力だけでよじ登ると、ルウはリィのいる窓枠に手を掛けて言った。

「何してるの？」

「たぶん、誘拐《ゆうかい》されてる真っ最中」

「他人事《ひとごと》みたいに言ってないで、連絡くらいしなよ。アーサーが心配してる」

「おれを？　犯人を？」

父親がこの息子を知っているように、この息子も父親のことをよく知っているのである。

「もちろん犯人」

悪びれずに答えたルウは一息に身体を持ち上げて、リィのいる窓枠に腰を下ろした。守宮《やもり》のように壁に張りついたままではさすがに話がしにくい。

「もう一つ、どうしてきみがおとなしく攫《さら》われたりしたのかって不思議がってるよ」

「場所が場所だったから、一種の用心かな。実際に撃つ気はなかったみたいだけど、あの男が銃を持ち出したのは確かなんだ」

「そんな素人《しろうと》さんは熟練者よりよっぽど危ないよ」

「おれもそう思った」

頷《うなず》いて、リィは自分が着ている赤いセーターをちょっと引っ張ってみせた。

「人に当たるのもまずいけど、これに穴が開いたり破けたりするのも避けたかったんだ。シェラの最高傑作なんだから。——だけど、シェラには内緒な」

「言わない」

そんなことを言おうものなら、それこそ大変だ。あの銀の天使は間違いなく犯人の息の根を止めてしまうだろう。

リィは眉《まゆ》をひそめて囁いた。

「それに、あの男、何か変なんだよ」

どう考えても変なのはこの状況で平然としている攫われた子どものほうだが、その点には言及せずに、ルウは尋ねた。

「犯人は？」

「隣の部屋」

「一人？」

「今のところは。——実際は違うと思う」

「そう思う根拠は？」

「自分で計画した誘拐で、攫う相手が男か女なのか知らないって、あると思うか？」

「ないね」

ただし、相手をこの金の天使に限って言うなら、あり得ない話ではない。事前に性別を知っていても、間近に見たら確信が持てなくなったという可能性は大いに考えられるからだ。

「変なことだらけなんだよ。攫った子どもを普通に車に乗せるし、こんな窓のある部屋に入れただけで逃げられないように閉じこめたつもりらしい」

「そりゃそうだよ。ここ五階だもん。普通はこれでちゃんと閉じこめたことになってるよ」

何のことはない。ルウが壁を登ってきたように、リィも五階の窓からなら好きな時に出て行けるから、閉じこめられたと感じていなかったに過ぎない。

そして今も逃げるつもりはないらしい。

言われなくてもそのくらいわかる。ルウは無言でリィを見つめ、リィは笑って肩をすくめてみせた。

「どうせ今からじゃ明日の授業には間に合わない。アーサーには悪いけど、もう少し誘拐されてるよ」

「わかった」

ヴァレンタイン卿が聞いたら、『わかるな！』と絶叫しただろうが、ルウは再び窓枠に手を掛けた。

ただし、振り返りながらさすがに念を押した。

「なるべく早く帰っておいでよ。アーサーは正式に警察に捜査を依頼すると言ってる」

今度はリィが、わかった——と答えようとしたが、突然、窓枠を越える体勢だったルウを突き飛ばした。

「————!!」

頭から真っ逆さまに転落しそうになって、ルウは

反射的に手を伸ばした。空《むな》しく壁を滑ったその手が間一髪、一階下の窓枠に引っかかった。

片手で壁にぶらさがりながら、大きく息を整えるルウの耳に、慌《あわ》ただしい男の声が届く。

「悪い！　すっかり忘れてた。お腹空いただろう」

これが犯人で、この男が寝室に入ってくる気配に気づいたものだから、ルウの姿を見られたくなくて咄嗟《とっさ》に突き落としたらしい。

五階の窓から落ちたところでこの相棒なら何ともないと信じてはいるのだろうが、それにしても……。

「愛が足らないよねえ……」

ぼやきながら、ルウは慎重に壁を降りていった。

地上ではシェラがはらはらしながら待っていた。

「どうしたんです？　誰かに突き飛ばされたように見えましたけど」

「思いっきり突き飛ばされたよ、あの子に」

「は？」

シェラはきょとんとなったが、上を見て尋ねた。

「あの人は？」

「もう少し誘拐されてるって」

恐らくそんなことではないかと思っていたので、シェラは驚かなかった。

「なぜです？」

「上にいるのは首謀者じゃないみたいだからね」

「真犯人を突き止めようというんですか。ですけど、それは警察の仕事では？」

「警察は犯人を逮捕したらおしまいだもん。それは避けたいんだよ、きっと」

シェラは眉をひそめた。説明を求める顔だったが、ルウも明確な答えを持っているわけではない。

ただ、窓を見上げて嘆息《たんそく》した。

「あの子はねえ、ほんとにお人好しだから」

これにはシェラがくすりと笑いをこぼした。

「この世界のどこを探しても、あの人をお人好しと言えるのはあなただけでしょうね」

「そんなことないよ。あの子はいつだって人のことばっかり気にしてるんだから」

「………」

「あの誘拐犯だってそうだよ。これはどうも普通の誘拐じゃないらしい、訳ありらしい。だとしたら、それはなんなのかって気になってるんだよ」

「それはお人好しではなくて物好きというんです」

「否定はできない」

ルウも苦笑を返した。

建物を見上げながらシェラが言う。

「この建物は？　ホテルではないんですか」

「違うみたいだけど、事務所《オフィス・ビル》でもなさそうだよね。

――何なんだろう？」

首を傾《かし》げるルウが、シェラには不思議でならない。

この人がどうやってここを突き止めたかと言えば、まず路上で棒を倒して方向を決めて、車を走らせ、道が分かれるたびに棒を倒すことを繰り返し、その道がついに行き止まりになると、今度は近くの店で地図を買ってきた。古風な紙製の一枚地図だ。

ルウはその地図を車のボンネットの上に広げると、ペンを取り出してシェラに渡した。

「これ、持ってて」

自分のスカーフで目隠しをして、手真似でペンを渡してくれと示してくる。シェラがその手にペンを握らせてやると、伸ばした腕を、地図の上で大きくゆっくりと回して、地図上にペン先を押し当てた。

子どもの遊びか、冒険好きの若い旅行者が適当に行き先を決めるようなやり方である。

何しろ見えないですることだから、ペンは道路や河の真ん中を指す可能性もあったわけだが、実際のペン先は街中の一区画を正確に指した。

車でその場所に向かう途中、ルウはもっと縮尺の大きな地図を買った。

道路脇の建物が一軒ずつ記載されているものだ。

そこでまた目隠しをしてペン先を地図に落とすと、ペン先の下には大通り沿いの高層建築物があった。

さっそく二人はそこへ向かったわけだが、外観を見ただけで部屋数の多さがわかる建物である。

まさかこれを一部屋ずつ当たることはできない。

あまりにも無謀である。

すると、ルウはもっと奇抜なことをした。

地図の裏に簡単な長方形の図を描き、建物の窓を数えて、その長方形に描き込んだのだ。

正面玄関から見た図、後ろの大通りから見た図、左右の横道から見た図も二つ。

全部に窓を描き加えて、再び目隠しである。

するとペン先は向かって右手から見た図の五階、後ろから二番目の窓のど真ん中を正確に示した。

そこを狙ってチョコレートを投げつけたところ、窓からリィが顔を出したのである。

シェラはただルウの後をついて行っただけだが、相変わらず鮮やかなものだと感心していた。

信用度の低い発信器や探知範囲の限定されている機械類より、この人のほうが遥かに有能で役に立つ。

当てずっぽうでここまでできるなら、この建物が何なのかわからないはずはないだろうにと思うが、ルウに言わせると『それとこれとは話が別』らしい。

「ぼくはあの子の居場所を知ってたわけじゃないよ。要はこれも一種の占い。どこへ行けばいいのか占うことはできるけど、どうしてこんな卦《け》が出るのか、それは自分でもわからない」

「でしたら犯人の素姓を占ってみては？」

「声を聞いただけで？　ちょっと難しいな」

シェラも深くは追及しなかった。この人は実際にリィの居場所を突き止めた。それで充分だった。

二人は正面玄関に回ってみたが、入口には認証が掛かっていて、部外者には入れないつくりである。

地図には建物の名称は書かれていなかったので、明日、調べることにしようとルウは言った。

「とりあえず、今夜の宿を探そうか」

「はい」

当然のようにシェラは頷いた。

リィがまだ帰らないと言う以上、シェラが一人で学校に戻るはずがない。

ルウにもそれはわかっている。

学校側には、シェラはリィが攫われたことで動揺しているので、しばらく学校を休ませると伝えた。

ただし、リィが誘拐されたことは生徒には秘密にされている。そこで、シェラもリィと一緒に親戚の見舞いに行くことになったと話してくれと頼んで、二人は近くのホテルに泊まった。

学校側から、セントラルに旅行中はルウがリィとシェラを監督する証明書を出してもらっていたので、赤の他人の大学生と中学生の二人連れでもすんなり部屋が取れた。

その夜、予定外のホテルの寝台に潜り込みながら、シェラはルウに提案したのである。

「あの人が犯人の事情を気に掛けているのでしたら、こちらで調べて明らかにしてはどうでしょう」

「そうだね。でないとあの子のことだから、事情がわかるまでは犯人を警察には渡せないなんて考えて、一緒に逃げたりしかねない」

ルウはもちろん冗談で言ったのだ。

いくら何でも、リィもそこまで非常識ではないと信じているからこその軽口だった。


食事だと言われたリィは、居間に入る前から顔をしかめていた。

そこから強烈なまでに甘い匂いが漂《ただよ》ってくる。

生クリーム、チョコレート、カスタードクリーム、キャラメル、砂糖で煮た数々の果物。リィにとって極めてありがたくない匂いが室内に充満している。

この部屋には仕事机の他にも、数人で囲んで座る長椅子と低い机がある。

匂いの発生源はその上に並ぶものだった。

ざっと見ただけでもドーナツ、デニッシュ、パイ、マフィン。数種類のケーキ。トーストの類もあるが、用意されているのはピーナツバターやジャムなど、見事に甘いものばかりだ。

さらにスナック菓子や炭酸飲料が並んでいる。

これを食事と言われたのではリィが絶句するのも当然だったが、男は髭《ひげ》もじゃの顔で笑っている。

「さ、好きなだけ食べていいよ。きみの好きそうなものばかり用意させたんだ」

冗談ではない。

勘違いも甚《はなは》だしい。どう間違ってもこんなものに手は出せない。リィが呆れた表情で見返すと、男はリィが戸惑っているとでも思ったのか、椅子に腰を下ろしながら無邪気《むじゃき》に言ってきた。

「遠慮しなくていい。きみくらいの歳の男の子なら、みんな甘いものが好きなはずだろう」

リィは立ったまま、苦い息を吐いた。

「おまえは？」

「えっ？」

こんな子どもに目下《めした》の相手を呼ぶように呼ばれて、男は面食らったようだった。

それ以前に意味がわかっていない顔である。

リィはもう一度、訊《き》いた。

「おまえの食事は？」

「ぼくはこれ」

男が見せたのは紙の箱だった。中身は油で炒《いた》めた肉と卵を白米の上に載せたものらしいと見て取ると、リィは再び男に問いかけた。

「甘いものは？」

「えっ？」

「好きか、嫌いか？」

「うん。好きだけど？」

「じゃあ交換だ」

匙《さじ》を取って今にも食べようとしていた男の手から、リィはひょいと匙を取り上げた。

男が驚いて顔を上げた時には反対側の手から紙の箱を奪い取っている。あっという間の早業《はやわざ》である。

ぽかんとなった男の向かいに座り、さっさと匙を使いながら、リィは言った。

「お茶は？」

「は？」

「おれは好き嫌いはないほうだと自分で思ってるが、甘いものは食べないし、飲まない。お茶がないならせめて砂糖抜きの珈琲《コーヒー》だな」

夕飯を取られた男は眼をぱちくりさせていたが、慌てて珈琲を差し出してきた。男が自分で飲もうとしていた、プラスチックカップに入ったものだ。

受け取って飲んでみると、美味《おい》しい。

珈琲はあまり飲まないが、かなりいい豆を使った本格的な味なのはよくわかる。

男は立ち上がり、壁際のブースから新たに珈琲を淹《い》れてきた。

空のコップを指定の位置に置くだけで、自動的に珈琲が注がれる仕組みらしい。

ということはつくり置きのはずなのに、こんなに香ばしい珈琲が出てくるとは驚きである。

珈琲を取って椅子に戻った男はドーナツやパイを口に運びながら嘆《なげ》くように言ってきた。

「甘いものが好きじゃないなんて信じられないよ。ぼくが子どもの頃はどんなに食べたくてもなかなか食べさせてもらえなくて、お腹いっぱい食べるのが夢だったのに」

「身体に悪いぞ」

平然と言い返しながら、つくづくこの男は状況がわかっているのかと疑ったリィだった。

誘拐犯の心理にそれほど詳しいわけではないが、攫ってきた子どもの前でここまで自然に振る舞える犯人は珍しいような気がする。

この態度が無理に繕《つくろ》ったものではないとわかるからなおさらだ。そもそも誘拐という犯罪を働いている自覚があるのかとすら思うのだ。

そのくらい屈託《くったく》がないのである。

しかし、リィもそろそろ痺《しび》れを切らしていたので、単刀直入に訊いてみた。

「おれの父親に何を要求したんだ？」

顔を上げた男は、髭にドーナツのかけらをつけた情けない様子ながら、真面目な顔つきで首を振った。

「それは言えない」

「どうして？　おれの身代金だろう」

リィは食い下がった。

「金ならともかく『例のもの』なんて思わせぶりなことを言われたら気になるじゃないか」

男は——前髪が顔の半分を隠しているが、苦渋の顔つきになったように見えた。

「知らないほうがいいよ。ぼくはきみのお父さんに無体な要求をしようとしてるんだからね」

当然だ。それが誘拐というものである。

「お父さんは絶対にきみを見捨てたりしないだろう。きみのために、お父さんは会社を裏切ることになる。そんなことをさせるのは申し訳ないと思っているよ。——だけど、それは一時的にだ。約束する。決してお父さんを馘首《クビ》になんかさせない」

「会社を馘首？」

それこそ首を捻《ひね》ったリィだった。

ヴァレンタイン卿の場合、州知事を解任もしくは罷免《ひめん》させられるというのが正しいような気がする。

その時、男の端末が鳴った。

「——はい。ああ、マロニーさん」

ドーナツを片手に男は立ち上がった。

相手の声は聞こえないが、男は声を抑えたりせず、部屋を歩き回りながら普通に話している。

「ええ、大丈夫です。すべて順調ですから。はい。——ええっ⁉」

突然、男の声が跳ね上がった。

前髪の奥で眼を見開き、穴の開くほどリィの顔を凝視していたが、慌てて相手に断った。

「……後で掛け直します」

通話を切った男は茫然《ぼうぜん》とした顔でリィを見つめ、呆気《あっけ》に取られた様子で叫んだ。

「きみはヴィッキー・ヴォーンじゃないのか⁉」

やれやれと肩をすくめたリィだった。

どうもさっきから話がおかしいと思っていたら、

根本的なところが間違っていたわけだ。

しかし、普通、誘拐という犯罪を計画するなら、攫う相手の顔くらい事前に調べておくのが最低限の準備というものではないのだろうか。

そんな疑問を抱いたリィが呆れているとも知らず、男は咎《とが》めるような悲鳴を発した。

「きみは誰なんだ⁉　ヴィッキーじゃないならなぜ最初にそう言わないんだ！　非常識だぞ！」

リィはきれいな緑の眼を見張って、顔をしかめた。

「おれは普段、人からヴィッキーって呼ばれてる。名前を呼ばれたから応えたおれと、攫う相手の顔も確かめずに誘拐なんかを企む馬鹿と、非常識なのはどっちだ？」

男は茫然と立ちつくした。

一瞬、眼の前のリィの存在も忘れたようだった。

天を仰ぎ、頭を抱え込んで、がっくりと膝《ひざ》をつき、盛大に嘆く。

「なんてことだ、なんて……ああ！」

今までの呑気《のんき》な態度が嘘《うそ》のような取り乱しぶりにリィは驚いた。遅まきながらも人違いの誘拐という事態の重さを感じ取ったのかと思ったら、男は急に立ち上がって叫んだのである。

「こうしちゃいられない！　なんてことだ。半日も時間を無駄にしてしまった！　本物のヴィッキー・ヴォーンを連れて来ないと！」

懲《こ》りないというか、立ち直りが早すぎるというか、今すぐにでも部屋を飛び出そうかという勢いの男にリィは慌てて声を掛けた。

「ちょっと待てよ！　今何時だと思ってる？」

だいたい、新しい誘拐を働く前に人違いで攫ったこの自分をどうするのかと思ったら、上着を取った男は真顔で言ってきた。

「きみはここにいてくれ。すぐに戻る」

本気で頭を抱えたくなってきた。

戻れると考えること自体がそもそもおかしい。

ヴォーン家の立地と警備がどの程度かにもよるが、

こんな時間に正面から乗り込んだら、すぐに警察に通報されて現行犯逮捕されるのは必至である。

最悪の場合、射殺されて終わりになる。

別にこの男がどうなろうと知ったことではないが、確実に失敗するとわかっている犯行に走らせるのも気が引けるので、リィは一応言ってみた。

「だから、今はやめておけって……」

「待てない！　急がないとエセルが危ないんだ！」

男が脇目もふらずに部屋を飛び出そうとするのと、腰を下ろしたままのリィが叫ぶのは同時だった。

「そこに止まれ！」

とても十三歳の少年の声ではない。猛獣の咆哮《ほうこう》か、自在に動物を操る調教師さながらの号令である。

犬はもちろん、どんな猛獣でも従えさせる声だ。

例外があるとすれば本能の鈍ってしまった駄犬と、彼我《ひが》の力量を計る能力のない愚人《ぐじん》くらいだが、幸い、この相手はまったくの駄犬ではなく、愚《おろ》かでもなく、今の号令の威力を感じ取れる程度には人を見る眼を持っていた。

ぴたりと足を止め、ぽかんとした顔でリィを振り返っている。今のは本当にこの小さな少年が発した声なのかと、ありありと疑っている顔である。

声の次はその視線だけで男の足を床に縫《ぬ》い止めて、リィは厳しい顔で言った。

「本物のヴィッキーを連れて来る？　じゃあ、その子の両親はどうするんだ。殺すのか？」

「何を言うんだ！　ぼくは人殺しなんかしない！」

「その理屈がわからない。時計を見てみろ。普通の子どもは家にいる時間だぞ。子どもが攫われるのを黙って見ている親なんかいない。その子にしたって、おれと同じくらいなら、おとなしく攫われてくれるわけがない。どうやって連れて来る気なんだ？」

至って筋の通ったまっとうな意見だが、この男はそんなことでへこたれるような人間ではなかった。

胸を張って叫んだ。

「為《な》せば成《な》る！」

どう考えても誘拐犯が宣言すべき台詞《せりふ》ではない。

その意気は立派だが、意気込むところが根本的に間違っているとリィは思った。

「知らないなら教えてやるけど、誘拐っていうのは犯罪で、失敗したら警察に捕まるんだぞ」

男は心外そうに言い返してきた。

「失敬だな。必ず失敗するみたいに決めつけるのはやめてくれないか」

「無茶を言うなよ。誰がどう見たって、ここは失敗するって決めつける場面だろうが」

真顔で言い返すリィもかなり感覚がずれているが、男はそれ以上にずれていた。

「そんなことは行ってから考えればいい。とにかく、本物のヴィッキーを連れて来る必要があるんだ！」

「だから、ちょっと冷静になれって言ってるんだ。素人のおれが言うのも何だけど、そんな行き当たりばったりの計画がうまくいくわけがないだろう」

「うまくいったじゃないか。現にちゃんと、きみを誘拐したんだから」

「間違えるなよ。おれは誘拐されたわけじゃないぞ。自分の意思でおまえについてきてやったんだ」

男はきょとんとなった。

「……そうなの？」

リィがとことん呆れた視線を男に投げつけたのは言うまでもない。

今まで気づかないほうがどうかしていると思うが、男はどこまでも前向きで、嬉《うれ》しそうな顔になった。

「それはいいことを聞いた。だったらヴィッキー・ヴォーンだって、きみと同じことをしてくれるかもしれない」

「おまえ、どこまでおめでたいんだ。これも自分で言うのは何だけど、おれみたいに物好きで、えーと、風変わりな子どもが二人もいるわけがないだろう」

自分で自分を『変な子ども』というのも何となく気が引けたので表現を捻ったものの、百人中百人がこの意見に同意するはずだった。

ところが、男はまたも憤然《ふんぜん》と反論したのである。

「それは確率の原則に矛盾《むじゅん》する。きみという実例が一人いる以上、二人いないとは言い切れない！」

リィが絶句して二の句が継げないという状況は、そうそう訪れるものではない。

この男はいったいどういう神経をしているのかと本気で訝《いぶか》しんだ。

驚きのあまりリィが黙っているのを説得できたと勘違いしたのか、男は笑顔で言ったのである。

「大丈夫だよ。誰も傷つけたりしない。約束する」

こんなに根拠のない『大丈夫』は初めて聞いたと思いながら、リィは机の上の通信機を示した。

「それじゃあ勝手にすればいい。ただし、おまえがこの部屋を一歩でも出たら警察に通報するからな」

「ええっ⁉」

男は派手に飛び上がった。ただし、それはリィの想像とはかなり違う理由からだった。

「何で⁉　きみは自分の意思でついてきたんだろう。警察に知らせる理由がないじゃないか！」

普通の子どもならここでくじけたかもしれないが、そこはリィもただ者ではない。

「おまえは今から別の誘拐を働いてくるって堂々と言ってるんだぞ。犯罪を未然に防ぐのは市民の義務だって、おれは学校で教わったんだ。第一、これを知らせないでいたら、おれがヴォーン家の人たちに恨《うら》まれるだろうが」

反論の余地なしの言い分に、男は初めて動揺した。

「確かに……それは認める。ヴォーン氏には迷惑を掛けることになるが、これにはれっきとしたわけがあるんだ！」

「どんな？」

「他に方法がないんだ。エセルは昨日から帰らない。ヴィッキーを誘拐して、ヴィッキーの父親から例のものを手に入れてエセルと引き替えるしかないんだ。急がないとエセルの身が危ない！」

この説明で理解できたのは、この男は極め付きに言葉が不自由だということくらいだ。

　リィは額《ひたい》を押さえながら、別の質問をした。

「おまえ、名前は？」

「ミックだ。ミック・オコーネル」

　どんな間抜けな誘拐犯でも攫った子どもに本名を名乗ったりはしないだろうが、今回に限っては例外だろうという確信がリィにはあった。

「エセルっていうのは誰だ？」

「マロニーさんの娘」

「歳は？」

「十七歳」

「おまえとマロニーさんの関係は？」

「上司と部下」

「マロニーさんが上司なんだな」

「そうだよ」

「そのエセルが昨日から戻らない？」

「誘拐されたんだ」

　リィの表情が初めて真剣なものになった。

「金銭目的か？」

　男は首を振った。

「犯人が要求してきたのはヴォーン氏の企業秘密だ。それを身代金として寄越せと言ってきた」

「警察には？」

「そんな危険は冒せない。エセルが危ない」

「待てよ。まさか、そのためにヴィッキーの誘拐を計画したのか？　マロニーさんの指示で？」

　男は再び首を振った。

「マロニーさんはそんなことはできないと言ったよ。だから、ぼくが代わりにやると言ったんだ」

「何で⁉」

「エセルの命が掛かってる！」

　男があまりにも真剣に叫んだので、リィのほうが驚いてのけぞった。

「……エセルは、おまえの恋人なのか？」

「まさか。あんなに若くてきれいな子がぼくなんか相手にするわけがないよ」

この男にとっては誘拐されたのが誰であろうと、あまり関係ないらしい。ただ『助けなくては！』の一念で動いているのだ。

「じゃあ、ヴィッキーの誘拐はおまえの考えか？」

三度、首を振る。

「エセルを攫った犯人の考えだよ」

「ヴィッキーを誘拐しろって？　その犯人が？」

「実際に犯人と話したのはマロニーさんだ。ぼくは傍《そば》で聞いていてただけだけど、それを示唆《しさ》してきたのは間違いない」

『同じことをしろというのか！』と、マロニー氏は携帯端末に向かって絶叫したそうだ。

娘の身を案じながらも『そんなことはできない、金なら払うから娘を返してくれ！』と懇願《こんがん》したが、相手はあくまでヴォーン氏の企業秘密を要求した。

娘への愛情と、他人の子どもを攫うという犯罪と、比べようもないその両者を無理やり秤《はかり》に乗せられて、マロニー氏は凄《すさ》まじい葛藤《かっとう》に陥《おちい》った。

その苦悩を見るに見かねて、男は自分がやろうと思い立ったのだという。

「ぼくなら独り者だし、家族もいないからね」

普通そんなにあっさり割り切れるかと呆れながら、リィは質問を続けた。

「マロニーさんとヴォーン氏の関係は？」

「仕事の取引相手だよ」

つまり、赤の他人ということだ。

「変な話だな。ヴォーン氏の企業秘密が欲しいならそれこそヴィッキー・ヴォーンを誘拐して、父親に身代金として払わせるのが手っ取り早いのに、赤の他人のエセルを誘拐するなんて。その犯人はなんでそんな回りくどいことをするんだ？」

「それはつまり犯人がヴォーン氏の身近な人間で、ヴィッキーを誘拐して身代金にそれを要求したら、自分が真っ先に疑われることを承知しているからだ。代役《スケープ・ゴート》が必要だったんだ。マロニーさんが一人でやった犯行のように思わせておいて、安全圏に逃げ延びるつもりなんだろう。マロニーさんはたまたまヴォーン氏と仕事の取引があって、年頃の娘がいる。だから選んだんだろうが、マロニーさんとエセルでなくても、たぶん誰でもよかったはずだ」

リィはちょっと男を見直した。

脳味噌のかけらもないかと思っていたが、考えるところは考えているらしい。

「そこまで見当がついているんなら、ヴォーン氏に事情を話して協力してもらったらどうなんだ？」

今度は男が呆れたような顔になる番だった。

「いいかい、少し常識でものを考えてみよう。赤の他人の娘のために大事な企業秘密を差し出そうっていう人間はまずいないよ。第一、証拠が何もない。こんな話を持ちかけて協力してくれなんて言ったら、よくても笑って追い返される。悪くすればそれこそ警察に通報されて逮捕されるだけだ」

「それもそうか」

言い諭《さと》すほうもほうなら、これで納得するほうもするほうだが、リィは質問を続けた。

「ヴォーン氏のフルネームは？」

「カーシー・ヴォーン」

「何をしている人なんだ？」

男はちょっと言葉に詰まった。

なぜか眼がうろうろと泳いでいる。

「実はよく……知らないんだ」

「知らない？」

「マロニーさんとつきあいがあるのは知ってるけど、えーと……確か宇宙船をつくってるはずだ」

リィは眉をひそめた。

どうもいやな予感がしたのだ。

「犯人が要求している企業秘密の内容は？」

「それはその……ヴォーン氏も研究者のはずだから、たぶんその中身だと思う」

「たぶん？」

問い返すと、男の挙動はいっそうおかしくなった。

気まずそうに背中を丸めて、それでも一生懸命《けんめい》、言い訳をしてくる。

「具体的な内容を知らなくても別に問題はないよ。それでヴォーン氏には充分伝わるはずなんだから」

いやな予感は既に確信に変わっていた。

リィはほとほと呆れて男を見た。

「話をまとめると、エセルを助けるためにヴォーン氏がそれを素直に渡すとは思えないから、だけどヴォーン氏の企業秘密が必要で、ヴィッキーを攫って、ヴォーン氏に身代金として『例のもの』を要求して、エセルを誘拐した犯人にそれを差し出してエセルを助けようっていう計画なのか？」

「そうだよ。筋が通ってるだろう」

うすうす察してはいたが、ここに至って確信して、リィはげんなりした顔で言ってのけた。

「おまえ、馬鹿だろう？」

しかしながら、男は心底びっくりしたように眼を丸くして、またも堂々と反論してきたのである。

「他にどんな手段がある？　警察は当てにできない。ヴォーン氏には申し訳ないが、犯人が要求している『例のもの』を差し出せばエセルは戻ってくるんだ。その後でこんなことを企んだ犯人を捕まえればいい。もちろん『例のもの』もヴォーン氏に返す。それで話は全部丸く収まるじゃないか」

そんな強引な話の収め方は聞いたこともない。

しかし、脳天気なのか楽天的なのか、頭のネジが根本的にゆるんでいるのか、男は本気である。

ヴィッキー・ヴォーンの誘拐にしても、エセルの救出のために必要不可欠な一種の手段程度に考えているらしい。だからこそ、こうまであっけらかんとしていられるのかもしれないが、リィは頭を振った。

「おれは……自分の神経の太さには自信があったし、世間の常識からほんのちょっぴり外れている自覚もあったんだけどな……」

上には上がいるものだと心の底から感心しながら、リィは続けた。

「自分がこんなに常識的な人間だとは思わなかった。

「——座れよ、ミック」

男がおとなしく戻ってきて椅子に座ると、リィは大真面目に言い聞かせたのである。

「話はよくわかった。優先順位で言うなら、おれもエセルの救出を真っ先に考えるべきだと思う」

男は俄然《がぜん》張り切って身を乗り出した。

「そうだろう！」

「けどな、だったらもう少し計画的にやれ」

「どういう意味だい？」

「こんな時間に家に乗り込んで子どもを攫うなんて、無謀すぎると言ってるんだ。それでなくても誘拐は大罪だぞ。確実に成功させようと思ったら、狙いは放課後か登下校の最中って相場が決まってる」

「それこそ非現実的だよ。今時の子どもの登下校は厳重に警備されてるんだぞ。近づけやしないよ」

リィはにやりと笑って言った。

「大人はな」

4

早朝、ホテルを出たルウとシェラが近くの食堂で朝食を取っていると、ルウの端末が鳴った。

出てみると、昨日の声である。

「おはようございます。ルーファス・ラヴィーさん。昨日はどうも。コール警部です」

「はい、こんにちは」

「今どちらです？」

「ええっと……ちょっと待ってくださいね。今いる店の名前はサリーズ・キッチンです」

「メイヒュー市のですか？」

ルウが答えるまでには、ほんの少し間があった。

「いいえ。今いるのはキエナ市です」

「では、そちらでお目に掛かりたいと思います」

「警部さん、エポンにいるんですか？」

連邦警察の本部はフラナガン島にあるはずだから問い返すと、警部は生真面目に言ってきた。

「今朝、エポンに入りました。誘拐《ゆうかい》事件には迅速《じんそく》な対処が求められますので」

「そうでしたね」

「キエナのサリーズ・キッチンですね？　一時間で伺《うかが》います。そこでお会いしましょう」

「……ええ、はい」

生返事をして通話を切ったルウは、肩をすくめてシェラを見た。

「失敗したなあ。メイヒューまで戻って泊まるべきだったね。何でキエナにいるのかって訊《き》かれたら、答えようがない」

リィが行方不明になったのはメイヒュー市だから、当然、保護者のルウはまだそこにいるはずと警察は考えるだろう。それが普通の人の心理だからだ。

警察がその点を追及してくるのはシェラにも予想

できたので、言ってみた。

「いっそのこと、まだメイヒューだとおっしゃればよかったのでは？」

「それはもっとまずいよ」

この端末には位置測定機能はないが、警察ならば発信元を辿《たど》るくらいのことは容易なはずだ。

キエナにいるのにまだメイヒューだと嘘《うそ》を吐《つ》いて、その嘘を見破られたら言い逃れできない。

一時間後、コール警部は部下を連れて現れた。

年齢は五十歳くらい、中肉中背で、身だしなみが整っているのが印象的だった。チャコールグレーのスーツには丁寧《ていねい》にブラシが掛けられて、黒の革靴《かわぐつ》も磨《みが》き込まれ、髪には入念に櫛《くし》が当てられている。

警部は穏やかな物腰の人で、息子のような年齢のルウに対しても、きちんと頭を下げてきた。

「お待たせしてしまいましたか？」

「いいえ。いろいろ食べてましたから」

それは卓《テーブル》の上を見れば一目瞭然《りょうぜん》だった。

ケーキ皿数枚、アイスクリームやパフェの容器が所狭しと並んでいる。

一方、同じ卓《テーブル》についているのにシェラはお茶しか飲んでいない。

「警部さんたちこそ、お食事は？」

「結構です。機内ですませて参りました」

警部と部下の刑事は腰を下ろし、ルウはシェラを、リィの友人だと警部に紹介した。

「この子は今日は本当は学校なんですけど……あの子が心配で帰りたくないというものですから」

「そうでしたか。お気持ちはわかります。こちらもちょうどお友達に話を聞きたいと思っていたところなんですよ」

警部もお茶を頼んで、さっそくシェラに質問した。

「きみはエドワードくんとは親しいのですか？」

「はい。学校も寮も同じで、日頃から親しく……」

させていただいております——と言いかけたのを、シェラは急いで言い直した。

「仲良くしていると思います」

「そうですか。彼はどのような少年でしょう?」

「……どのようなとおっしゃいますと?」

「性格を知りたいのです。人なつこいとか、好奇心旺盛《おうせい》とか、もっとはっきり言うなら、知らない人に簡単について行ってしまうような少年ですか?」

シェラは黙ってうつむいた。

どうにも答えにくい質問だったからだ。

人なつこいというよりは物怖じしないというのが正しいだろうし、好奇心旺盛なのは間違いなくてもそれは警部が懸念《けねん》しているような危なっかしさとはまったく縁のない次元の話だ。知らない人に簡単について行ったのも、いざとなればその知らない人をこてんぱんに叩きのめせるとわかっていたからだが、どれもこれも警察には非常に言いにくい。

沈黙してしまったシェラの態度をどう思ったのか、コール警部はルウに眼を移した。

「ラヴィーさんは、エドワードくんとはどのようなご関係ですか?」

「友達というにはちょっと年が離れてるんですけど、あの子が生まれた時から知っています」

「それではご心配でしょうね」

「——ええ、もちろん」

ルウが答えるまでにはさっきと同様、若干の間があった。シェラもほんのわずかに眼を泳がせた。

いつもの二人ならこんな失敗はしない。

二人とも人後に落ちない演技力の持ち主であるが、今回ばかりは題材がまずかった。

昨日のリィの様子を実際に確かめているだけに、『友人が心配で居ても立ってもいられない』という気持ちに今一つなりきれなかったのだ。

加えてコール警部は虚《きょ》をつくのがうまい人らしい。

「それでは、昨日のことを聞かせてください」

そこでルウは、マーシャル家を訪問したことから話し始めた。当然、訪問の動機についても説明した。

コール警部は痛ましそうな眼をシェラに向けた。

「辛い体験をしたのですね」

「いえ、わたしは……」

生きていますから――と、シェラが続ける前に、警部は言った。

「エドワードくんはある意味、その時のきみと同じ状況にあります。救出を急がなければなりません」

「……はい」

あまりに居たたまれず、シェラは小さく頷《うなず》くのがやっとだった。

「ところで、ラヴィーさん。今のお話を聞いて一つ不思議に思いましたが、エドワードくんだけを家の外に残していったのはどうしてですか？」

ルウは少し考えた。

「直接の理由は、あの子がとてもきれいな子だから――だと思います」

「失礼ですが、どういう意味でしょう？」

「うまく説明できるかどうか自信がありませんけど、つまり、太陽がいつも人の恵みになってくれるとは限らないってことです。マーシャル家の人たちには灯りが必要でした。あの人たちの心を明るく照らす灯火《ともしび》が。でも、お嬢さんが亡くなってからずっと暗闇《くらやみ》の中にいた人にとって、あの子は強烈に眩《まぶ》しい――眩しすぎるんです。却《かえ》って害になりかねない。だから、連れて行かないほうがいいと思いました」

的確だが、わかりやすいとはお世辞にも言えない説明にも拘《かかわ》らず、コール警部はおもむろに頷いた。

「わかります。エドワードくんの写真を見ましたが、非常に美しい少年です。あれほど美しい少年ですと、申し上げにくいことですが、これまでも不審人物に狙われたことがあるのではありませんか？」

「……ええ。何度かあると思いますけど」

言葉を濁《にご》したルウの後を受ける形で、その全員が間違いなく手ひどい眼に遭《あ》わされたと思いますけど――と、シェラが心の中で付け加える。

「ラヴィーさん。あなたが、エドワードくんの姿が見えないことに気づいたのはマーシャル家を辞してすぐだったのですね?」

「はい」

「ところが、ヴァレンタイン卿が犯人からの連絡を受けた後も——わたしが申し上げているのはつまり時間の問題ですが、あなたは警察に届けていません。なぜですか?」

ほっといても大丈夫だと思ったからです——とはまさか言うわけにはいかない。

「あの子はとても……しっかりした子ですから」

苦しい答えを絞り出した。

「元気な子でもあるんです。何か興味のあるものを見つけて、夢中になっているんだろうと思いました。そのうち自分から戻って来るだろうって、楽天的に考えていたのは確かです」

「なるほど。信頼しておられる」

穏やかに頷いて、警部は言った。

「ご存じかと思いますが、誘拐は重罪です。加えて事件の性質上、早期解決が望ましいのは言うまでもありません。我々は昨日のうちにメイヒューに捜査員を派遣し、地元警察に協力を要請しました。幸い、彼はとても目立つ少年です。必ず誰かに目撃されているはずと考え、聞き込みをしたところ、つい先程、エドワードくんが青い車に乗るのを見たと証言する子どもが二人現れたそうです」

「この時間なら子どもは学校でしょう?」

「スクールバスに便乗すれば大勢の子どもたちから一度に話が聞けます」

——恐れ入りました。

「運転していた人物については、残念ながら男性であるということ以外はわかりませんでしたが、その子どもたちは大変興味深いことを話してくれました。昨日の午後もエドワードくんについて、同じことを訊かれたというのです。その人物は長い髪を束ねた、きれいな顔立ちの、女の人みたいな感じのお兄さんだったそうです」

「…………」

「その子たちと会っていただけますか？」

　ルウは首を振った。

「必要ありません。それはぼくです」

「子どもたちにその質問をしたのはいつですか？」

「あの子がいなくなったことに気づいた直後です」

「それではあなたは、エドワードくんが不審人物の運転する車に乗ったことを、早い時点で知りながら、警察に届け出なかったのですね？」

　それでも絶対に大丈夫だと思ったんです——とは、口が裂けても言えない。

　コール警部はあくまで折り目正しさを崩さずに、淡々と言った。

「ルーファス・ラヴィーさん。あなたのしたことは明らかな保護責任者義務の放棄《ほうき》です。詳しくお話を伺わなければなりません。署までご同行願います」

「そんな！」

　シェラが叫んだが、ルウは苦笑して彼を抑えた。

「いいよ。この状況じゃあね。共犯だと疑われても仕方がない」

「ルウ！」

「きみは先に大学惑星《むこう》に帰って。——いいですよね、警部さん？　ぼくの取り調べが終わるまでこの子を一人で待たせるのは、あの子と同じくらい危ない」

「いやです！」とシェラは叫ぼうとした。

　リィが（形式上とはいえ）誘拐されて、ルウが（事情聴取とはいえ）警察に連行されるというのに、自分だけこの星を離れるなんて戦線離脱に等しい。

　そんなみっともない真似は断じてできなかったが、ルウは優しく言い諭《さと》してきた。

「誤解だってわかればすぐに解放してもらえるから大丈夫だよ。——そうだな、ディオン先生に迎えを頼むといい」

　シェラは息を呑《の》んだ。そんな名前の教師は自分の知る限りアイクライン校にはいない。

　しかし、その名前自体には聞き覚えがある。

「……わかりました」

「お迎えが来るまで、シェラくんはこちらで責任を持ってお預かりします」

コール警部が言うと、ルウは素直に頭を下げた。

「よろしくお願いします」

二人はキエナ市警察署に連れて行かれた。

そこでシェラはルウと引き離されて、女性警官に引き渡された。四十がらみの、恐らくは彼女自身も母親なのだろう。うち解けた態度で話しかけてきた。

一方、シェラは悄然《しょうぜん》とうなだれていた。

シェラが座らされたのは人が通る通路の長椅子で、シェラは問われるままに名前と年齢を答え、両親はいないこと、ヴァレンタイン卿が後見人であること、今は学校の寮で暮らしていることなどを話した。

「そう、それじゃあ、学校に連絡して先生に迎えに来てもらいましょうか?」

シェラは黙って頷いた。彼女は署内の恒星間通信施設へ行き、戻ってくると、優しい声で言った。

「寮と連絡が取れたわ。舎監の先生が明日、迎えに来てくれるそうよ。今日は市内のホテルに泊まってもらうけど、仕事が終わったらわたしが付き添うわ。だからもう少し待っててね」

礼を言って、シェラは小さな声で問いかけた。

「お手洗いはどこでしょう?」

「案内するわ」

洗面所の中の個室に入ると、シェラは携帯端末を取り出した。中学生は普通、持てないものだ。

昨日のうちにルウが購入し、自分の端末の中身をそっくり移してくれたものである。

登録の中から『グレッグ・ディオン』を選択して通話を掛けた。留守録になっている。

「ご無沙汰《ぶさた》しています。シェラ・ファロットです。至急、お話ししたいことがあります。十五分以内にご連絡ください。お返事がなければあなたの上司に直接掛けます」

一息に言って元の場所に戻ると、女性警官はまだそこにいた。一人にしないほうがいいと思ったのか、励《はげ》まそうと思ったのか、子どもが興味を持ちそうな話をいろいろと振ってくれたが、シェラはほとんど反応せずにうつむいていた。

　女性警官はそれも当然と痛ましく思ったらしい。

　旅行中に仲のいい友達が誘拐されて、親しい人がその容疑者として取り調べられているのである。

　予想外の衝撃を受けた少年としてひたすら身体を強張らせ、沈黙を守っていたシェラが、無音設定《サイレントモード》の端末の振動を感じたのはわずか十分後だった。

　今度は水を飲みたいと言ってシェラは立ち上がり、人気のない廊下の端で通話に出たのである。

　相手は開口一番、不機嫌そうに言ってきた。

「さっきのは脅迫《きょうはく》か？」

「お忙しいところ申しわけありませんが、わたしの用件は五分で済みます。これから言う番地の建物を調べてください」

「はあ？」

「エポン島キエナ市、ケルチェン通り、三十五番地。この建物を東から見た時、五階の後ろから二番目にある窓は何なのか知りたいんです。それも大至急」

　表向きはフリージャーナリストを名乗っていても、情報局員のディオンにとっては容易《たやす》いことだろう。

　事実、端末の向こうで彼はちょっと呆《あき》れたらしい。

　切羽詰まった声で訴えるから何事かと思いきや、そんなことなのかと拍子抜けしたようだった。

「——あのなあ、そういうことなら、それこそあの占い師に訊けばいいだろうに」

「その人は今、警察に抑留中です」

　低い笑い声が聞こえた。

「そりゃあ、あの金髪の坊やが黙ってないだろう」

「その人は誘拐されている真っ最中です」

　今度は短い口笛がした。

「あんなものをか？　ずいぶんな度胸の犯人だな」

「同感です」

　軽口を叩く間もちゃんと仕事はしていたようで、相手はやがてこう言ってきた。

「その建物は賃貸物件だ。住居としても使えるが、個人で借りている人間はほとんどいない。圧倒的に企業が多い」

「問題の窓の借り主は？」

「キャスケード・エレクトロニクス。医療機器から大型探知機まで幅広く扱ってる大企業だな」

「キエナにその会社の関連施設はありますか？」

「本社があるぜ。フロスト通り、四十二番地だ」

シェラは大きな息を吐いた。

「ありがとうございました。助かりました」

「これでお役御免かい？」

「ええ。今のところは」

「勘弁《かんべん》しろよ。こっちも暇じゃないんだぞ」

「わたしもです」

毅然《きぜん》と言って通話を切った。

ここは警察署である。市内の地図が目立つ場所に貼ってある。フロスト通りがさほど遠くないことを確かめると、シェラはそっと警察署を抜け出した。


通りに向かう途中、恒星間通信施設があったのでセントラルのフォンダム寮まで通信を申し込んだ。

この時間の舎監はピーターズという中年の教師で、シェラの顔を見て驚いたらしい。

ちょうど今、交代の舎監と関係者に事情を話して、彼自身は宇宙港に向かおうとしていたようだった。

「わたしのことはご心配なく。じきに戻りますから。迎えにいらっしゃるには及びません」

それだけ言って、通信を切った。

連邦大学の教師はみんな熱心な教員だ。彼は当然、キエナ警察署に問い合わせるだろう。そうなれば、シェラが警察署を抜け出したことも発覚する。

（これでわたしもお尋ね者だな……）

自嘲《じちょう》の笑いを浮かべながら、シェラはフロスト通りを目差した。


シェラの読み通り、舎監のピーターズは折り返しキエナ署に確認の連絡を入れて、どの便でシェラを送ってくれるのかと問い合わせた。

　その報告は交換台の担当者からシェラを見ていた女性警官に伝えられ、彼女は顔色を変えた。急いで事情聴取中のコール警部を呼び出して報告した。

「あの少年が逃げました！」

　警部はちょっと驚いた様子で眉《まゆ》を動かした。

「穏やかではありませんね」

「すみません。逃げたというのは言い過ぎですが、黙って署を抜け出したのは間違いありません。寮に連絡して迎えは必要ないとわざわざ断ったそうです。何をするつもりなんでしょう？」

　不安を隠せない様子の彼女を落ち着かせるように、コール警部は穏やかに話しかけた。

「放ってはおけません。お手数ですが、手分けして、少年の捜索をお願いします」

「わかりました」

　警部は事情聴取が行われている取調室に戻ると、担当刑事の代わりにルウの正面に座り、単刀直入に切り出した。

「シェラくんがいなくなったそうですよ」

　ルウはちょっと首を傾《かし》げた。

「それをぼくに言うのはどうしてですか？」

「行き先をご存じではないかと思ったものですから。今、こちらの皆さんに彼を探してもらっていますが、念のために。――ご存じではありませんか？」

「知りません」

　嘘ではないからルウは正直に答えて、付け加えた。

「それに、探しても無駄だと思います」

「なぜでしょう？」

「…………」

「シェラくんもエドワードくんに負けず劣らず眼を引く少年です。キエナ市の捜査官はあれほど目立つ少年を見逃すほど無能ではありませんよ」

「皆さんの能力を疑っているわけじゃないんです。捜査の専門家だってことはわかっているつもりです。ぼくも――もちろんシェラも」

その専門家の眼を出し抜いて、あの銀髪の少年は逃げ切るだろうと言っているわけだ、この青年は。

コール警部は依然として穏やかな表情を崩さずに、やんわりと言い諭した。

「キエナは比較的治安のいい街ですが、残念ながら十三歳の——しかもあれほどの美貌《びぼう》の少年が一人で街中を歩いて安全と言い切れるほどではありません。すぐに保護しなくてはなりません」

「お言葉ですけど、その必要もないと思いますよ」

ルウは控えめに言った。

「シェラもエディも、自分のことは基本的に自分で何とかする子です。——昨日ぼくは子どもたちから、エディが自分から車に乗ったと聞きました。警察に届けなかったのはそれが理由です」

「それでは理由になっていませんよ」

「知らせている暇がなかったのはわかるんですけど、ぼくとしては、もう少し頼ってほしいと思いますよ。どうもぼくはよっぽど頼りなく見えるみたいで……なかなかあの子たちに信用してもらえないんです」

しょんぼりと訴えてみたルウだが、コール警部は微塵《みじん》も態度を変えなかった。

「きみはいったい、あの子たちに何をやらせようとしているんですか？」

「これもお言葉ですけど」

ルウは幾分声に力を込めて、真面目に言った。

「何かを『やらせた』ことなんか一度もありません。そんなことは無理ですから。仮に『やらせよう』と思ったところで、あの子たちが言うとおりに動いてくれるわけがないんです。何かをしようと思ったら、二人とも自分のやりたいようにするはずです」

「二人はまだ子どもですよ。きみもまだ充分お若いようですが、二人はきみよりも遥かに幼い。彼らの行動をきみの望む方向に暗に誘導するのはたやすいことなのではありませんか？」

ルウは青い眼を見開き、思わず居住まいを正して、厳かなくらいの調子で断言した。

「コール警部。三度《みたび》お言葉ですが、それはこの世でもっともたやすくないことの一つです」


キャスケード・エレクトロニクスの本社は大きな建物だった。ざっと三十階はある高層建築だ。

フロスト通りはオフィス街で、他にも高層建築が建ち並んでいるが、その中でもひときわ大きい。

景観との均衡《バランス》を考えると、建築制限をめいっぱい使って建てられていると見ていい。

人の出入りも盛んだった。一階に総合受付があり、地下には外来専用と社員専用の駐車場がある。

ちょうど午前中の就業時間が終わる頃で、昼食を外で摂る社員たちがぞろぞろと玄関から出てくる。

カスパル・エッカートもその一人だったが、彼は混雑が嫌いだったので、かなり遅れて本社を出た。

エッカートは三十二歳。入社して五年になる。

時間厳守の事務職と違って技術屋の彼はそれほど規則に縛られることはない。極端な話、好きな時に社に出向いて、好きな仕事をすればいいのである。

技術職の人間には主に二種類ある。脇目もふらず仕事に熱中する生真面目型《タイプ》と、癖《くせ》のある変人型だ。

エッカートは明らかに後者だった。

仕事熱心とはお世辞にも言えないが、腕はよく、会社が求めるだけの業績も上げている。勤務態度は不真面目でも、結果的に会社に貢献《こうけん》している。

玄関を出た彼が本社ビルの敷地を出ようとした時、誰かが軽やかに走り寄ってきて彼の腕を掴《つか》んだ。

驚いて見下ろすと、中学生くらいの女の子である。

はっとして手を放したところを見ると、どうやら人違いらしい。しかし、少女は驚き躊躇《ためら》いながらも必死の様子で、エッカートに話しかけてきた。

「この会社の人ですか？」

「そうだけど？」

「ケルチェン通りにこの会社の部屋があるでしょう。あたし、あの部屋に忘れ物をしちゃって……それで中に入りたいんですけど……入れなくて」

最後は蚊《か》の鳴くような声になる。

「ケルチェン通りって……ああ、あの部屋のことか。あそこに忘れ物だって?」

エッカートは俄然《がぜん》興味を持った眼で少女を見つめ、少女はますます気まずそうに頷いた。

きれいな子だった。ずば抜けた美少女と言ってもいいくらいだ。色が白く、茶色の髪は長い巻き毛で、ミニスカートから覗《のぞ》く足もすらりと細く、形がよく、ほのかな色気を漂《ただよ》わせている。

エッカートの喉《のど》が覚えずごくりと鳴った。

上司や同僚の前ではひた隠しにしていたが、彼は実はかなりの少女好きだった。成人女性には魅力を感じられないという性的嗜好《しこう》の持ち主なのだ。

密かな胸の高鳴りを感じながら、エッカートは何食わぬ顔で訊いた。

「きみは社員の家族?」

少女は首を振った。

「おかしいな。あの部屋を使えるのは社員だけだよ。誰に連れて行ってもらったんだい?」

少女は明らかに動揺していた。どんな嘘を言おうかと、眼が忙《せわ》しく動いている。どんな嘘を言おうかと、必死に考えている子どもの顔だ。

「昨日……あの、具合が悪くなって、困っていたら、親切な小父《おじ》さんが助けてくれたんです。あの部屋で休ませてくれて、それであの……お食事をご馳走《ちそう》になったの。その人の名前は聞かなかったけど、この会社の人だって言っていたから」

ひどく落ち着かない少女の様子を見れば、実際に何があったかなど容易に想像がつく。

エッカートはちょっぴり意地悪い口調で言った。

「嘘はいけないな。本当はきみのほうからその人に声を掛けたんじゃないのかい?」

少女は向きになって言い返してきた。

「違うわ。嘘なんか言ってない! 誘ってきたのはあの人のほうだもの!」

「でも、具合が悪かったわけじゃないんだろう?」

「それは……」

「誰があの部屋を使ったか、調べればすぐにわかることなんだよ。その人に確認してみようか？」

少女の虚勢はたちまち崩れ去った。

泣き出しそうな顔で必死に訴えてきた。

「お願い、学校には言わないで！　パパとママにも、こんなことが知られたら……！」

「もちろん黙っていてあげる。でも、そのためには正直に話してくれなきゃ」

少女は消え入りそうな声で言った。

「あの……昨日の人、おごってくれるって言ったの。だからお食事だけつきあったのよ。本当よ」

「そうだろうね」

ものわかりのいい笑顔で頷きながら、この少女がどこまでを『小父さん』に許したのかと考えると、エッカートの胸はますます怪《あや》しく騒いだ。

さっきは社員なら誰でもあの部屋を使えるような言い方をしたが、実際はそこまで開放的ではない。

現にエッカートも入ったことはない。そこは確か部長職以上でなければ使用できないはずだ。つまり、管理職の誰かがこの少女を『買って』その部屋まで連れて行ったわけだ。直接の上司ではないにせよ、うまくすれば上層部の弱みを握れる好機《チャンス》である。

そこまでを一瞬で考えて、少女の細い足や胸元にさりげなく視線を走らせながらエッカートは訊いた。

「それで？　忘れ物っていうのは？」

「……学生証なの」

「ああ。それはまずいね」

この少女が男の誘いに応じたことが一目でわかる決定的な証拠である。是が非でも取り戻さなくてはならないものだろう。

「今朝まで気がつかなくて……今日は学校さぼって取りに行ったんだけど、入れなくて」

悄然と少女が言ったその時、エッカートは昼食を後回しにすることに決めた。

「それじゃあ、今から取りに行こうか？」

「いいの？」

少女の顔に希望の光が差した。しかし、晴れ間が見えたかと思うと、たちまち曇り空になる。

「でも、お仕事があるんでしょ？」

「かまわないさ。きみだって学校を休んでる」

今度こそ少女の顔がぱあっと輝いた。

「ありがとう！」

感極まったのか、エッカートの腕にぎゅっと抱きついてくる。すぐに気がついて離れたが、その腕の感触にエッカートの表情はでれでれと雪崩《なだれ》のように崩れ落ちた。無人タクシーを止めて、少女と一緒に車に乗り、ケルチェン通りに向かった。

その建物の前で降りた時、少女は建物を見上げて不思議そうに尋ねてきた。

「ここって、何に使ってる部屋なの？」

「まあ、言うなれば臨時の会議室ってところかな」

「会議室って会社にあるんでしょ」

「そりゃそうさ。ただね、うちは結構大きな仕事も扱っている。中には世間に知られないように極秘に取引や技術提携をしたいと考える相手もいるのさ。なのに業界で顔を知られた人物が本社を訪ねたら、うちと仕事をしようとしているのがすぐにばれる。かといってホテルなんかも人目があるからね」

「それじゃあ、会社がここに部屋を持っているのは内緒なの？」

「そうだよ。限られた社員しか知らない部屋だ」

エッカートは手持ちの端末で、今日の暗証番号を素早く調べた。一般社員には接触できない情報だが、技術もある上、道徳観念の低い彼には問題ない。

「ほーら、入れた」

「すごい！」

建物に入れたことで少女は大喜びだった。

五階に上がり、部屋の鍵も勝手に解除する。

部屋は無人だった。まるで宿泊客を待つホテルの客室のようにきれいに片づいている。

「へえ。立派なもんだ」

　エッカートは初めて見る部屋の内装に感心したが、少女はそんなものには目もくれなかった。長椅子の下を覗くためにしゃがみこみ、入口のすぐ横にある小型昇降機《ダムウェーター》の扉を開け、さらに隣の寝室、洗面所と探し回ったが、すぐに泣きそうな顔で戻ってきた。

「どうしよう……見つからない。きっと昨日の人が持って行っちゃったんだ」

　当然だ。エッカートも同じことをするだろう。それさえ押さえておけば、いつでもこの魅力的な少女を呼び出せるからだ。

「お願い。調べて。誰かわかるんでしょ？」

「もちろんだとも」

　エッカートは仕事机の端末を起動させて、昨日、誰の認証でこの部屋の鍵が解除されたのかを調べた。

「なんだ、正社員じゃないな。契約社員だ」

「名前は？」

「マイケル・ロス・オコーネル。誰だこいつ？」

「どんな仕事をしている人なの？」

「知らないなあ。何でこんな奴がここを使えたのか。普通なら契約社員なんか近づけないはずなのに」

「その人の住所はわかる？」

　少女が真剣な顔で言うので、エッカートは思わず笑い飛ばした。

「おいおい、よしなよ。こいつの家まで取りに行くつもりかい？」

「だって、代わりの学生証は発行してもらえるけど、あの人がずっとあれを持っていたら、あたし……」

　青ざめた顔で身をよじらんばかりに苦悩している。そんな少女の姿はエッカートの嗜虐心を煽《あお》るのに充分すぎるものだった。

「大丈夫。ぼくが取り返して来てやるよ」

「だめ。そんなの……迷惑でしょ？」

　潤《うる》んだ眼ですがるような視線を投げたかと思うと、そっと視線を外してしまう。

　何気ない少女の仕草の一つ一つに、エッカートは煽られっぱなしだった。相手はまだほんの子どもで、意識してやっているわけがないが、実に的確に彼の要点《ポイント》を突いてくるのである。

「迷惑なんてことがあるもんか。心配しなくていい。ぼくに任せて。全部うまくやってあげるよ」

「……ほんと？」

「本当だとも」

自信満々に請け合って、エッカートはその代わり——とばかりに少女の細い肩を抱き寄せようとした。

ところが、途端、少女はすっと離れて距離を取り、硬い声で言ったのである。

「来ないで」

今までの思わせぶりな態度から拒否されるはずがないと信じていただけに、エッカートは面食らった。

それ以上に、頭にかっと血が上った。

「今さら何を言うんだ。きみだって、わかっていてついてきたんだろう？　別に難しいことじゃない。昨日の人と同じことをさせてくれればいいんだ」

鼻息を荒くして細い身体を抱きしめようとした時、少女の身体が消えた。

眼にも止まらぬほどの速さで背後に回られ、強い力で突き飛ばされたと気づいたのは、エッカートが床に膝《ひざ》をついた後だった。体勢を立て直す間もなく両腕を後ろに取られる。その手を取り戻そうとした時にはもう、自由に手を動かせなくなっていた。

「おい！　何をしたんだ？」

両手の親指を根本で縛る。それだけで人の自由を奪うには充分なのだ。自力で解くこともできない。

少女は端末を覗き込んでいた。しかし、そこには人物の名前が表示されているだけで、写真も住所も記載されていない。

少女は別人のような顔つきでエッカートを見た。

「この人の住所と顔写真は？」

エッカートはいくらかは知恵の働く男だったので、頭から怒鳴《どな》りつけるような真似はしなかった。

引きつった笑顔を浮かべて、猫なで声で言った。

「それはね、社員の認証がないと検索できないんだ。

調べてあげるからこれを外そうよ。ね？」

するとこ、少女は素直にエッカートの背後に回って拘束《こうそく》を解いたのである。

両手の自由を取り戻したエッカートは、せいぜい威厳を保ちながら立ち上がり、満面に怒気と欲情を浮かべて少女に摑みかかった。

「悪い子だな。大人を馬鹿にするとどういうことになるのか思い知らせてやる！」

「あなたのほうこそ子どもを侮《あなど》るとどうなるのか、少し思い知るべきですね」

口調まで別人に変わっている。その言葉どおり、少女の小さな拳《こぶし》がエッカートの鳩尾《みぞおち》を抉《えぐ》った。

「ぐえっ……！」

見た目とは裏腹な強烈な一撃だった。

今まで生きてきて一度も感じたことのない衝撃に、脳天まで痺《しび》れが走り、足から勝手に力が抜ける。

あまりの痛みにエッカートは床にうずくまるしかできなかったが、少女は冷たく笑っていた。


「失礼。わたしは体術は苦手なんです。その代わり拷問《ごうもん》なら得意なんですよ」

恐ろしいことを平然と言って、少女は鞄《かばん》の中から紐《ひも》を取り出した。綾取《あやと》りにでも使いそうなその紐でエッカートの両足首をきつく縛る。

逃げようにも今の一撃で身体の自由が利かない。

次に少女は、幅広のエッカートのズボンを膝までまくり上げ、靴下を下げ、可愛らしい裁縫《さいほう》セットを取り出して、そこから縫《ぬ》い針を一本抜き取った。

「おい……よせよ、冗談だろう？」

咄嗟《とっさ》に笑い飛ばそうとしたエッカートは次の瞬間、絶叫した。凄《すさ》まじい激痛が足を襲ったのだ。

「どうです？　こんなものでも結構痛いでしょう。痛点を突いていますから」

少女は次々に針を刺す場所を変え、エッカートの悲鳴は絶えることがない。

大の男のエッカートが死にもの狂いで暴れても、華奢《きゃしゃ》な少女の手からどうしても逃れられない。

さらに少女は鞄から工作用の小刀《こがたな》を取り出すと、刃先を見せつけながら優しい声で話しかけてきた。

「端末の操作にはあなたの認証と指が必要ですから、これでもまだ手加減はしているんですけど、情報も調べられない役立たずの指なら必要ありませんね」

「お、おい……！」

「こんな玩具《おもちゃ》のような刃物でも人の指くらい簡単に切断できるんですよ、ちょっとこつがあって、骨の継ぎ目に刃先を入れるんです。試してみますか？」

「待て！　調べる！　今すぐ調べるから！」

「お願いします」

少女が足の拘束を解くと、エッカートは文字通り床を這《は》うようにして机に取りついた。両足の痛みが立ち上がることを許してくれなかったのだ。

震える指で端末を操作すると、すぐにマイケル・ロス・オコーネルの住所と顔写真が出た。

年齢は二十七歳とある。なかなか端整な顔立ちで、独身。住所はキエナに隣接するアライア市である。

「ご苦労さまでした」

少女は穏やかに言って踵《きびす》を返した。

その細い後ろ姿をエッカートが恐怖に息を呑んで見つめていると、少女は振り返らずに言ってきた。

「わたしのことは内密にお願いします。あなたも、年端もいかない少女に不埒《ふらち》な真似をしようとしたと、会社の方に知られたくはないでしょう？」

エッカートは馬鹿みたいに何度も必死に頷いた。

答えなかったのは単に声が出なかったからだ。

「それともう一つ――」

振り返った少女の顔はたった今あれほどの狼藉《ろうぜき》を働いたとは思えないほど清楚《せいそ》で、落ち着いていて、品の良ささえ感じさせた。その顔が微笑する。

「少しは行いを慎むことです。小児性愛者だと顔に書いてありますよ、あなた」

エッカートは茫然《ぼうぜん》と少女を見送った。


建物を出たシェラは、どこから見ても少女としか

思えない軽やかな足取りでバス乗り場を目差した。

本当は車を拾いたいところだが、子ども一人では乗車拒否される恐れがある。

ルウが持たせてくれた携帯端末にはかなりの金も入っていた。こういう形態の金は初めてだったが、それで必要な衣裳《いしょう》と小物一式を揃え、鬘《かつら》を買い、公園の化粧室で身支度《みじたく》を整えた。

幸か不幸かこの場所でシェラと出くわしても、

「ここは女性用よ！」

と金切り声で叫ぶ人は誰もいないのである。

少女の姿で通りを歩いていると、ずいぶん多くの警官の姿が眼についた。そのうちの何割かは恐らくシェラを捜しているのだろう。

だが、彼らが捜しているのは「少年」だ。

たとえそこに『少女と見違うほど美しい』という形容がついたとしても、少年には違いない。

つまり、シェラがミニスカートを穿《は》いている限り、気づかれる心配はまったくと言っていいほどない。

個体情報を調べられでもしない限り、自分を男と見破れる人間はいない。そう言いきれる程度には、シェラは自分の変装に（女装に）自信を持っていた。

時折警察官と眼が合っても、間違っても逃げたりうろたえたりはしない。逆に、にっこり笑いかける余裕の態度で通り過ぎる。

路線バス乗り場で経路を調べてみると、アライア市行きは結構本数があった。

ただし、日中のこの時間は便数が少ない。

次のバスまで、シェラはもう少し買い物でもして時間を潰《つぶ》すことにした。

5

朝食も異様なまでに甘い匂いが漂《ただよ》っていた。

ミックが食べているのは三段重ねのパンケーキにバターと楓蜜《メープルシロップ》をたっぷり掛けたもので、果物の砂糖煮と生クリームが添えられている。

リィの分はベーコンエッグ、トーストとオレンジジュース、ポテトサラダにお茶という普通の献立《こんだて》だ。

昨夜の失敗にミックも懲《こ》りて、今朝はリィに何が食べたいかと訊《き》いてきた。朝食として無難なものを答えたところ、彼はその通りの食事を内線で注文し、本当にそれが小型昇降機《ダムウェーター》から出てきたのである。

この部屋の内線端末には接客係という番号があり、衣類や薬、雑貨などの備品も届けてもらえるという。

至れり尽くせりだが、菓子や炭酸飲料はともかく、調理された食事が自動で出てくるわけがない。

湯気を立てる朝食は配達《デリバリー》にも見えなかったから、リィは不思議に思って訊いてみた。

「これって、誰がつくってるんだ?」

建物内に厨房《ちゅうぼう》があるのかと質問したつもりだが、ミックはそうしたことにはまるで興味がないらしく、首を傾《かし》げただけだった。

「さあ?　頼めば何でも届くから便利だけど」

「そういうことを訊いてるんじゃないんだけどな。ここはそもそもどういう部屋なんだ?」

「マロニーさんの会社が持ってる部屋だよ。空いている時なら自由に使ってもいいって」

「マロニーさんの会社?　おまえの会社だろう」

「ぼくは正式な社員じゃないんだ。マロニーさんに頼まれて技術提供してるんだよ」

「だったら上司と部下とは言わないんじゃないか」

「何で?　仕事をくれる人だから上司だろう?」

相変わらずの説明下手《べた》である。

短い間でわかったのは、言葉が足らないのと同様、この男は致命的に知恵も足らないということだ。

ヴィッキー・ヴォーンはメイヒューのショルティ住宅街に住んでいる、歳は十三歳、きれいな金髪の子だから見ればすぐにわかる――とエセルを攫《さら》った犯人が言ったらしい。

これも実際に聞いたのはマロニー氏で、ミックは断片的に聞き取ったに過ぎないが、驚くべきことにこの男、たったこれだけの情報を元にすぐさま車に飛び乗ってヴィッキーを攫うべく一路メイヒューを目差したというのだから、恐れ入ると言う他ない。

「あの銃はどうしたんだ？」

「昔から家にあったものだよ。埃《ほこり》をかぶってたから本当に撃てるかどうかもわからないけど」

「試し撃ちもしなかったのか？」

リィが呆《あき》れて言うと、ミックは大きくのけぞった。

「そんなことしたら危ないじゃないか！」

これが仮にも誘拐犯《ゆうかいはん》の台詞《せりふ》かと思うと、ため息が出てくるが、男はさらに信じられないことを言った。

「そうだ。きみの家に連絡して、息子さんの誘拐は間違いだったって言わないと」

三枚目のトーストを食べていたリィは、食べ物を吹き出したりはしなかった。普通に答えた。

「それはやめたほうがいいな」

「何で？」

「おれが一晩行方不明だったのは確かなんだ。今もどこにいるのか――誰と一緒なのかって訊かれたら、答えられない」

「そうだね。答えられても困るけど」

「第一、おれの家はもう警察が見張ってるはずだ。そんな連絡したら足が付《つ》くんじゃないか？」

ミックはきょとんとなった。

「足が付くって？」

「警察に端末の発信元を辿《たど》られて、ミックの名前や身元がばれるんじゃないかってこと」

「それは大丈夫。変換機を通してあるから」

「何？」

「簡単に言うと、通信記録に人工的な改竄《かいざん》を加えて、通信波の発信元を不明瞭《ふめいりょう》にする機械だよ」

リィは眼を丸くして、机の上の携帯端末を見た。

「その端末にそんなものがついてるのか？」

ミックは楽しげに笑った。

「まさか！　とてもこんな大きさには収まらないよ。別のところに置いてある」

「その変換機……恒星間通信機能もあるのか？」

「違うよ。そりゃあもちろん連動させてあるけど、内蔵されているわけじゃない。恒星間通信の場合は一度、変換機に掛けた後で――」

「ちょっと待て。恒星間通信はって言うけど、昨日おまえが掛けたのがその恒星間通信だぞ」

ミックは再びきょとんとなった。

「……そうなの？」

リィは再び絶句した。

「おまえまさか、星系内か恒星間かもわからないで掛けたのか？」

「あんまりそういうの気にしたことがないから」

今度こそ開いた口がふさがらなくなった。

恒星間通信と星系内通信は根本的に仕組みが違う。

他星系を目差す宇宙船がショウ駆動機関《ドライヴ》を使って跳躍《ジャンプ》するように、数百光年離れた場所にいる相手と直に話すためには特別な手段を必要とする。

『気にしたことがなく』て恒星間通信が掛けられるわけがないのだ。その場合は必ず恒星間通信施設に申し込まなくてはならないと確かに教わった。

ところが、ミックはどんな方法を用いているのか、個人でそれを可能にしているらしい。

「足が付くとまずいからね。どんな連絡も変換機を通すようにして、それから恒星間通信機につながるように設定してあるんだよ。これで発信元は絶対に特定できない」

リィは呆れると同時にちょっと感心した。

意外に技術的な知恵があることもさることながら、

超《スーパー》がつくほどの猪突《ちょとつ》猛進に見えたこの男が、一応、捕まらないように気配りをしていたという点にだ。

しかし、身元を知られる恐れがないからとは言え、『昨日は息子さんを誘拐したって言いましたけど、あれは間違いでした』なんてことを本気で言おうとしている辺り、近来稀《まれ》に見る筋金入りの馬鹿なのは疑う余地もない。

「おれの両親のことなら気にしなくていい。どうせ心配してないから」

すると、ミックは急に真顔になった。

「ご両親のことをそんなふうに言うもんじゃない。親なら誰だって息子を心配するに決まってる」

リィも表情を真面目なものにする。

「それならヴォーン氏にも同じことが言えるけど、ヴィッキーを攫うのはいいのか？」

「いいわけがない」

これまた意外にも、きっぱり断言した。その上で、真剣な表情で首を振る。

「それでも他に方法がない。ぼくはエセルに死んで欲しくない。無事に帰ってきて欲しいだけなんだ」

「あのな、ミック」

リィはリィで目的のためには手段を選ばないが、選択すべき手段の順位はわかっている人だ。

お茶を飲み干すと、子どもに言い聞かせるように諄々《じゅんじゅん》と諭《さと》した。

「エセルを誘拐した犯人はヴォーン氏の企業秘密を欲しがっている。それははっきりしているんだろう。だったら、その線から逆に犯人をたどれないのか」

「ぼくも考えたよ。だけど、マロニーさんの話だと、それによって利益を得る人はかなりの数で、とても絞りきれないらしい。警察が時間を掛ければ犯人を特定できるかもしれないけど、そんな悠長な作業をしていたらエセルはどうなる？」

困ったことにこの男、やることなすこと徹底的に間違っているのだが、根本的な主張は正しいのだ。

加えて根がまっすぐと来ている。

脇目もふらずに目標めがけて突進する大きな犬を見ているようで（ただしあんまり優秀ではないから しょっちゅう失敗するけれど）微笑《ほほえ》ましくなった。

「エセルを助けてヴォーン氏に企業秘密を返しても、厳密に言えば話は丸く収まらない。エセルを攫った犯人と一緒に、ミックは確実に刑務所に行くことになるんだぞ。それはわかってるのか？」

「うん。その時は腕のいい弁護士を雇《やと》うよ」

何もわかっていないかと思いきや、意外に狡猾《こうかつ》なところも見せる。しかし、リィも思い切りの良さと大胆な決断にかけては誰にも負けない人である。

エセルを攫った犯人は、なぜかヴィッキーを誘拐させたがっている。それには何か理由があるはずだ。だったら、敢えて向こうの思惑に乗ってみるのも一つの手だと物騒なことを考えていると、ミックが内緒話でもするように身を乗り出してきた。

「それで、きみの考えは？」

何やらわくわくしているような顔つきである。


その様子はこれまた主人の指示を待って嬉《うれ》しげに尾を振る大型犬のようで、リィは微笑した。

「ミックが自分で言ったんだぞ。誘拐はまずいけど、自分の意思でついてくるなら誘拐じゃない」

「言ったのはぼくじゃない。きみのほうだよ」

「おれは、こんな物好きな子どもは二人もいないと言ったんだ」

「だからそれは確率の原則に矛盾《むじゅん》するんだ！」

「ほらみろ。おまえが言ってる」

「え？　あれ……？」

丸め込まれたことに気づかないミックは首を捻《ひね》り、リィは笑いを嚙《か》み殺しながら続けた。

「父親のヴォーン氏に事情を話したところで聞いてもらえるはずがない。これもミックの言ったことだ。おれもその通りだと思う。だけど、子どもなら？」

ミックの顔が輝いた。

「そうか──そうだね」

「ヴィッキー・ヴォーンにエセルのことを話して、

あくまで自分の意思で家を出てもらえば」

「それなら、ただの家出だ」

「だけど、そのことは黙っていて、ヴォーン氏に『例のものを渡せ』と要求する」

「いいね！　それで行こう！」

物騒な相談と食事を終えて、二人は部屋を出た。

室内の後片づけは係がやってくれるそうなので、食べた食器もそのままである。

「本当にホテルみたいだな」

「うん。ここは便利なんだよ。だけど、明日からは別の人の予定が入ってるからなあ……」

「じゃあ、交渉が長引いたら、おれをどこに連れて行くつもりだったんだ？」

「ぼくの家。アライア市にある」

「ここから近いなら、ひとまずそこへ行こう」

「何で？　そんなことをするのは時間の無駄だよ。メイヒューに行ってヴィッキーを連れて来なきゃ」

通路を歩いていたリィは足を止め、真面目な顔で男を見上げた。

「登校途中に生徒がいなくなったら、すぐに学校と親に連絡が行く。放課後ならしばらく時間が稼げる。選択肢として正しいのはどっちだ？」

誘拐犯のほうが小さくなって答える。

「──放課後、かな？」

「だったら、先にミックの家だ。いいな？」

「うん」

「その子を連れてくるのはおれが何とかするとして、子どもを泊められるような部屋は？」

「あるよ。片づければ」

「どのくらい掃除してないんだ？」

「えーと……覚えてないな。三年くらいかな？」

リィは盛大に呆れ返った眼を男に向けた。

「ヴィッキーを誘拐して家まで連れて帰った後で、その部屋を片づけるつもりだったのか？」

ミックには何を非難されているのかわからない。

不思議そうに言い返してきた。

「それが何か問題なのかい。部屋の掃除なんかより、ヴィッキーをぼくの家まで連れてくるほうがずっと大変だし、どう考えても手間が掛かるじゃないか。一番肝心《かんじん》なところを一番先に済ませるべきだよ」

すばらしい論理である。

リィは再び額《ひたい》を押さえながら嘆息《たんそく》した。

「時と場合を考えろって言ってるんだ。連れてくる相手は生きた人間で荷物じゃない。その辺に置いておくってわけにはいかないんだぞ。第一、その子が女の子だったらどうする気だったんだ?」

ミックはきょとんとなった。

「どうって?」

「三年も片づけてない物置同然の部屋に、十三歳の女の子を放り込むつもりだったのかと訊いてるんだ。男の子でも下手をしたら泣き出すぞ」

そこまで言ってやると、ようやく納得したらしく、急に慌《あわ》てふためき出す。

「そ、そうか、それはまずいよね……」

「今さら何を言ってる。不快に感じてくれる程度で済めばいいけど、常識的に考えてそれは人が住める部屋じゃない。具合が悪くなるかもしれない。心的外傷を負うかもしれない。おれは成り行き上、その子に家出を唆《そそのか》すことになるわけだけど、その子をひどい眼に遭《あ》わせるつもりはないからな」

「ぼくだってないよ」

「どうだか。ミックは考えが足らなすぎる。昨日もそうだ。おれを閉じこめて七時間も放っておいた。あれだって立派な児童虐待を問われる行為だぞ」

「ごめん、忘れてたんだ」

「誘拐しておいて子どもを忘れる馬鹿があるか」

二人は昇降機で地下駐車場に下りたが、その間もリィの質問と教育的指導は止むことがない。

家の立地は、当分過ごせる食料は、近所の様子と近所づきあいは――と質問は微《び》に入り細《さい》にわたって、答えるミックのほうが面食らっている。

さらに車を眼の前にしてリィは言った。

「できれば車も替えたほうがいい」

「何で？」

「この車でおまえは昨日おれを誘拐してる。しかも、おれの家に連絡してる。昨日のうちにベルトランの警察から連邦警察に捜査依頼が行ってるはずだ」

あの日中で目撃者がいないわけがない。

連邦警察はこの車の特徴くらい既に摑《つか》んでいると見るべきである。リィがそう主張すると、ミックはまたも不満げに訴えた。

「だから、きみの家に連絡しようよ」

「それで手配が解かれると本気で思っているなら、本気で殴るぞ」

じろりと睨《にら》まれたミックは反射的に小さくなって、恐る恐る言ってきた。

「……気のせいかな。誘拐犯人のぼくより、きみのほうがずっと恐いんだけど」

「おまえがあんまり情けない誘拐犯だから、おれが仕切ってやってるんだろうが。——行くぞ」

「うん」

「素直なところがミックの取り柄《とりえ》だ」

「ありがとう——って言うべきなのかな？」

何かすごく間違っている気がするんだけど——と首を捻りながらミックは運転席に乗り、リィは隣の助手席に乗り込んだ。

しかし、走り出してすぐ、ミックはとある店舗の駐車場に車を止めた。

そこは車のショウ・ルームだった。

店舗は一面硝子《がらす》張りになっていて、店内の様子がすっかり見渡せる。リィはあまり車に詳しくないが、それでも、大衆車とは一線を画す高級車がずらっと並んでいるのはわかる。

「ちょっと待っててくれ」

車を降りたミックは無造作に店内に入って行き、店員を捕まえて何か話しかけた。

店の人間は最初、ふらりと入って来た男の風体に露骨《ろこつ》に顔をしかめていた。冷やかし客はお断りだと思ったのだろうが、彼と少し話しただけでたちまち顔色が変わり、態度までがらりと変わって恭《うやうや》しく、ミックを奥の部屋に通そうとしたのである。

ミックは手を振ってそれをやめさせると、店内を指して何か言った。

店の人間が大急ぎで電子書類を用意する。それに署名して鍵を受け取ると、ミックは展示されていた車の一台を自分で運転して店から出てきた。

リィは――既に何度目かも忘れたが、開いた口がふさがらなかった。

車を替えろと確かに言ったが、この流れからして新車を一台、それも店員の態度からして間違いなく即金で買ってしまったらしい。

ミックは新しい車を今までの車の横に止めると、車内に待たせていたリィに笑いかけた。

「ほら、こっちに乗って」

「いいけど、この車は置いていくのか？」

「いや、足が付いたらまずいだろう。ここの業者に処分を頼んだよ」

どうやら初めて聞いた『足が付く』という言葉が気に入ったらしい。

ミックが買ったのは黒光りするスポーツカーで、目立つことおびただしかった。今まで乗っていた車も汚れてはいるが、値段も決して安くはないはずだ。高そうな車だったので、真新しい車に乗り替えた後、リィは訊いてみた。

「さっきの車もこの車も高いんじゃないのか？」

「さあ、どうかな？　すぐに走れるのが欲しいって言っただけなんだけど」

特に興味のなさそうな口調だった。もしかしたら値段を知らずに買ったのかもしれない。

「ミックは、仕事は何をしてるんだ？」

「ただの技術者だよ。何で？」

「お金には困ってないみたいだからさ。技術者ってそんなに儲《もう》かるのか？」

ミックは笑いながら答えた。

「まさか！　仕事っていうのは人に資金を提供してもらうもので、儲かるようなものじゃないよ」

　そんな奇怪な商業の法則は初めて聞いたが、彼は本気でそう信じているらしい。

「じゃあ、この車の代金はどこから出るんだ？」

「趣味の利益だよ。趣味はお金になるからね」

　悪気がないのはわかるが、それにしてもとことん他人に理解できる言葉をしゃべる気はないらしい。

　今は追及しないでおくことにする。

　高層建築は姿を消し、市街地に入り、やがて緑の田園地帯に入り、また住宅街に入った。

　ここがもうアライア市の外れのようだった。

　その住宅街はメイヒューの街並みとは少し違ってほとんどが平屋だった。どの家にも広い庭があり、隣家との距離もかなり離れている。

　典型的な郊外の住宅地だった。子どもをしばらく匿《かくま》うにはおあつらえむきの場所である。

「あれ、誰か来てるのかな？」

　ミックの視線の先には緑の板壁の大きな家がある。それが彼の家らしい。その前に白い車が止まっていた。型はセダンだが、これまた高そうな車である。

　ミックの運転する車が家の前に着いた時、玄関の前に立っていた男性が振り向いて顔を輝かせた。

「ミック！　よかった、戻ってきたのか」

　ミックが小声で教えてくれる。

「マロニーさんだよ」

　ほっとしたような笑顔でやってきた背広の紳士は助手席のリィに気づいて、ぎくっと立ち止まった。

　彼は四十代の半ば。大柄《おおがら》で、面長で、額は広く、半白の髪はかなり後退しているが、端整な顔立ちで、思慮深そうな表情と太い額縁の眼鏡が印象的だった。

　その理知的な顔が恐怖に強張っている。

　彼が何を懸念《けねん》しているのか重々察しているリィは、車内からにっこりと無邪気《むじゃき》に笑って見せた。

「ぼく、ヴィッキー・ヴァレンタインっていいます。ミックがおもしろい実験の話を聞かせてくれるっていうから来たんですけど」

　ヴィッキーと聞いて真っ青になったマロニーは、ヴァレンタインと聞いて大きな息を吐《は》いた。

　肩から一気に力が抜けたところを見ると、よほど緊張していたのだろう。その反動なのか、大げさな笑みを浮かべて話しかけてきた。

「そうか。わたしはアーネスト・マロニー。きみはミックとはどういう関係なのかな？」

「友達です」

「こんなに小さな友達がいるとは知らなかった」

「だってミックって子どもみたいでしょ？　だからぼくなんかとちょうど話が合うんですよ」

　当のミックはものすごく何か言いたそうだったが、賢明《けんめい》にも口を閉ざしている。

「今日は学校じゃないのかい？」

「いろんな仕事について勉強する課外授業なんです。本当は二人一組で行動するんだけど、その子が旅行疲れで倒れちゃって、今日は休みなんです」

　リィがすらすら答えたせいか、マロニーはやっと安心した様子でミックに話しかけた。

「話があるんだ。少しいいかね」

「ええ。どうぞ、上がってください」

　リィもミックとマロニーに続いた。

　玄関を開けると、すぐに広い居間が現れた。

　様々なものが散乱して、かなり雑然としているが、かろうじて足の踏み場がある程度には床が見える。

　ミックはマロニーに椅子を勧めたが、マロニーは立ったまま首を振った。

「いや、いいんだ。すぐに失礼するよ」

　ちらっとリィを見たのは、この子の前で話しても大丈夫かと躊躇《ためら》ったからだろう。

　だが、わざわざ遠ざけるのも変だと思ったのか、言葉を選びながら話し始めた。

「話というのは他でもない。昨日のことだ。あれは忘れてくれ。みんなエセルの芝居《しばい》だったんだ」

「何ですって？」

「これを聞いてくれ」

マロニーは携帯端末を取り出し、録音を再生した。

「パパ、ママ、ごめんなさい。誘拐は全部嘘《うそ》なの。そのうち帰るから心配しないで」

ミックは眼を丸くして小さな機械を凝視した。

マロニーも同じものを見ながら顔をしかめている。

「間違いなくエセルの声で、エセルの端末から送信されたものだよ。まったく悪ふざけにも程がある。戻ってきたら厳しく叱《しか》ってやらないと……」

憤《いきどお》りながらも、ほっとしている口調である。

ミックは疑問の顔つきで質問した。

「でも、どうして録音なんです？ マロニーさんか奥さんに直接言えばいいのに」

「わたしの端末は夜間は自動で録音に切り替わる。あの子はそれを知ってるんだよ。昨日はサマンサと――妻と何度も話して、やはり警察に相談しようと決めたんだ。朝になって真っ先にこれに気がついた。すぐにきみに連絡しようと思ったんだが……実際に会って話したほうがいいと考え直したんだ」

恐らくマロニーは、ミックが何か早まった真似をするのではないかと気が気ではなかったのだろうが、さすがにそれはリィの前では口にしない。

だが、リィのほうはちゃっかりと場に割り込んで、何食わぬ顔で口を挟んでいた。

「エセルって、いつもこんな嘘を言う子なの？」

小首を傾げて瞬《まばた》きする姿は可愛らしさ抜群である。

ミックは思わず後ずさったが、マロニーは一人の父親として苦笑した。

「はは……これは手厳しい。年頃の女の子はどうも難しくてね。前からエセルの誕生日にはつきあうと約束していたんだが、あいにく大事な仕事が入って、どうしても時間が取れなくなったんだよ」

「だからエセルはお父さんを困らせようと思って、誘拐されたなんて言ったんだ」

「ああ、本当に驚いたよ。心臓が止まるかと思った。何しろ、昨日わたしのところに掛かって来た連絡はちゃんと男の声だったからね」

「悪戯《いたずら》にしてはずいぶん手が込んでるね」

「その通りだ。寿命が縮んだよ。しかもかなり真に迫っていた。要求された身代金が身代金だからね」

「そんなに高かったの？」

マロニーが答えなかったのは、リィの質問が耳に入らなかったからでも、警戒したからでもない。

自分の考えに捕らわれて独白のように話し続けていたからだ。独り言というよりは愚痴《ぐち》である。

「学校の友達にでも頼んだんだろうが、まったく、図体《ずうたい》ばかり大きくなって、あの子にも困ったもんだ。やってもいい悪戯とやってはいけない悪戯くらい、あの歳になれば区別できそうなものなのに……」

ミックが尋ねる。

「エセルの誕生日は近いんですか？」

「今度の金曜だよ」

「急な仕事っていうのはヴォーン氏の会社と？」

「そうだ。クラウド・ピーク社と技術提携を結ぶ、社を上げての大事な契約だ。ヴォーン氏は向こうの技術責任者で、わたしがキャスケードの責任者だ。その場にいなくては話にならんのに」

理解のない娘を嘆《なげ》いて首を振り、マロニーは思い出したようにリィに笑いかけた。

「きみは宇宙船は好きかい？」

「全然。友達に操縦課程に通ってる子がいるけど、何を話してるのかちっともわからない」

「小父《おじ》さんの会社は——キャスケード・エレクトロニクスっていうんだ。宇宙船の探知機や跳躍装置の部品もつくってるんだよ」

「クラウド・ピークって会社も？」

「あちらは主に宇宙船をつくっている。そこで今度、小父さんの会社と共同で新型宇宙船の開発にあたることになったんだ」

リィは無邪気に緑の眼を見張ってみせた。

「宇宙船をつくっている会社ってクーアくらいしか知らなかったけど、他にもあるんだね」

マロニーは楽しげな笑い声を立てた。

「クラウド・ピークの社員には聞かせられないな。いや、逆に奮起するかな。彼らはとても優秀な快速船をつくっているんだよ」

「へえ、そうなんだ」

言いながら、リィはさりげなくミックを突《つつ》いた。

ミックは意味がわからなくて、きょとんとリィを見下ろしてくる。

「何？」

リィはマロニーに気づかれないように舌打ちして、じろりと壮絶な視線をミックに向けた。視線だけで人が殺せるとしたら間違いなく致死の威力である。

身の危険を感じたせいか、その視線の意味を理解できたのは、鈍いミックにしては上出来だった。

「あ、ああ、そうだ、マロニーさん！　参考までに訊かせてほしいんですけど……身代金に要求されたヴォーン氏の企業秘密って結局、何なんですか？」

「クラウド・ピークが開発した新型の跳躍装置だよ。正しくはその設計図だ。まったく今時の子は……」

再び愚痴が始まりそうになるのを、リィが急いで遮《さえぎ》った。

「それって、ショウ駆動機関《ドライヴ》とは別のもの？」

「おお、宇宙船には興味ないと言いながら、きみはよく知ってるね」

「特別な知識は必要ないんじゃない。今の宇宙船が——外洋型宇宙船がそれを積んで跳んでるってことくらい、誰だって知ってる常識でしょう」

マロニーは楽しげな笑い声を立てた。

「ミックにそれを言ってやってくれないか。何しろ興味の対象以外は赤ん坊並みの知識しかない男でね。自分の研究対象も宇宙のくせに、宇宙船に外洋型と近海型があることも理解していない有様なんだよ」

「ええ⁉」

リィの驚きは演技ではなく本心だった。

呆れ果てた眼をミックに向けると、軽蔑《けいべつ》の口調で言ってのけた。

「それでも大人？」

「別に知らなくても……宇宙船に乗れば他の惑星へ行けるってわかってれば充分じゃないか」

苦しい言い訳は無視して、リィは再びマロニーに問いかけた。

「ショウ駆動機関《ドライヴ》とはまったく別の機械だとしたら友達が眼の色を変えると思うけど——」

「いや、友達の期待を裏切って悪いが、それは違う。その装置は従来のショウ駆動機関《ドライヴ》と併用することで、跳躍距離を飛躍的に伸ばすことが可能になるんだ。いわば一種の増幅装置だな」

「へえ……」

操縦課程に通っているジェームス・マクスウェルならそれこそ顔を輝かせて根掘り葉掘り突っ込んで質問を浴びせかけただろうが、知識がないと自分で言ったように、リィの声には熱がない。

すぐに興味の対象が移るのは子どもの常だから、マロニーは笑ってリィに話しかけた。

「課外授業なら、今度、小父さんの会社にも遊びに来るといい。歓迎するよ」

「ありがとう。休んでる子と相談してみます」

ミックはマロニーを玄関まで見送ったが、その際、気になっていたことを尋ねてみた。

「エセルとは直《じか》に話しましたか？」

「いや……つながらないんだ。気まずいんだろうな。幸い帰ってくる意思はあるようだから、急《せ》かさずに待っているつもりだよ。まったく、学校をさぼってこんな真似をするなんて——」

娘の無事な声を聞けて安堵《あんど》しているかと思うと、次には人騒がせな娘に腹を立てる。父親とは何とも忙しい、苦労の多い生き物である。

それでも安堵のほうが大きい顔つきでマロニーが帰った後、リィは口調を戻してミックに訊いた。

「どう思う？」

「信用できない」

即答である。

ミックは端末を取り出して、どこかに掛け始めた。

相手の応答はなかったようで、ややあって、彼は小さな機械に向かって熱心な口調で話しかけた。

「エセル。ミックだ。お父さんが心配してる。直接声を聞かせてあげてくれないか。ぼくのところにも。――待ってるからね」

通信を切って、ミックは首を振った。

「やっぱり出ない。おかしいよ」

リィは黙っていた。

ミックは話しながら考えをまとめるタイプなのか、しきりと首を捻りながら疑問点を並べていく。

「直接話したならともかく、あれじゃ納得できない。犯人がエセルを脅《おど》して言わせたのかもしれないし、音声を合成したのかもしれないじゃないか」

実のところ、リィもまったく同感だった。

ただし、偽装にしては奇妙な点が多すぎる。

あれが犯人の偽装なら、その目的は警察の介入を阻止することにあるはずだ。しかし、こんなに筋の通らないおかしな話はない。

なぜなら、単なる家出と判断されたら、身代金も手に入らなくなってしまうからだ。

「最初に身代金を要求しておいて、なぜ今になってこんな偽装をするんだ？」

「マロニーさんが警察に行こうとしたから、慌てて家出だと思わせようとしたんじゃないかな？」

「だとしたら犯人はマロニーさんの身近な人間ってことになる。ミックなんか極め付きに怪《あや》しいけど、不在証明《アリバイ》は幸か不幸か昨夜はずっとおれと一緒で、完璧《かんぺき》と来てる。――エセルに恋人は？」

突然の話題の変化にミックは面食らった。

「えっ？　そりゃあ年頃のきれいな子だからいてもおかしくないけど、何で？」

「あくまで一つの可能性だけど……」

断った上でリィは言った。

「もしかしたら、これってエセルの計画的な家出で、もう帰ってこないつもりなんじゃないか？」

ミックもそれを考えていたのだろう。

無言で頷《うなず》き、話の続きを眼で促《うなが》してきた。

「普通の家出なら、ご両親は捜索願を出すだろう。エポンの警察組織がどうなってるか知らないけど、おれのいる連邦大学では未成年の家出は大事件だ。十七歳の女の子が一晩家に帰らなかったら、警察はその子の足取りを摑もうと大々的な捜索を開始する。だけど、誘拐なら話は別。捜査は極秘だ。身代金が共同開発会社の企業秘密だったのも、ヴォーン氏を名指ししたのも、自分より仕事を優先する父親への当てつけだとしたら納得がいく。——誘拐されたと思わせて、一晩経ってから嘘だと言えば、ご両親は安心もするし、力が抜ける。これ以上騒ぎ立てたら、娘が戻って来にくくなるかもしれないと気を回して、警察に家出人捜索願も出さないかもしれない。現にマロニーさんもエセルが戻ってくるのを待つつもりだって言った。つまり、エセルにとってはそれだけ時間が稼げることになる。ただ、十七歳の女の子が一人でここまで計画するとは思えないから、恋人がいるんじゃないかって思ったのさ」

ミックが感嘆したように叫ぶ。

「きみは頭いいなあ！」

「——で、訊きたいんだけど、エセルはどんな子だ。そんなことをする子じゃないって言い切れるか？」

しばらく考えてミックは首を振った。

「正直言って難しいな。今の若い子の考えることはぼくにはわからない」

「そんなに年が離れているわけでもないだろうに」

「十年違ったら大違いだよ。十七歳の女の子なんて、ぼくから見たら立派な理解不可能生命体なんだから。きみもだけどね。——やっぱり急いでヴィッキー・ヴォーンを誘拐しよう」

おれから見たらおまえも文句なしのそれだ——と言いかけたのを呑《の》み込んで、リィは冷静に質問した。

「その理由は？」

「うん。まず状況を整理してみよう。現在の問題はこれがエセルの家出か、それとも本物の誘拐なのか、その点を見極めることにある。そこでヴィッキーの身柄を押さえて、ヴォーン氏に企業秘密を要求して、クラウド・ピークの社長にもその情報を暴露する」

「どの情報だ?」

「社員の子どもが攫われてその身代金にクラウド・ピークの企業秘密が要求されているっていう話だよ。できればキャスケードの役員たちにも知らせたいな。そうすればマロニーさんの耳にも入る」

半ば激しい脱力感と頭痛を感じながら、また半ば理解不可能生命体のくせに意外に頭が回るものだと感心しながら、リィはまず頭痛の種を指摘した。

「ミック、わかってるのか。そんなことを知ったら、マロニーさんは真っ先におまえを疑うぞ」

「かもしれないけどエセルの無事を確認するまでは黙っていてくれるよ」

あっけらかんと言ってのける。

正義感はある。倫理観も持ち合わせているのに、その一部が妙にごっそり欠けている。

冷静に考えてみれば恐ろしい話だ。この男は一つ間違えば立派な犯罪者になっていたに違いない。

もっとも、それはリィにも言えることだ。

感心した点について指摘してみた。

「わざと情報を流すのは、ヴィッキーの誘拐をある程度の関係者に知らせようっていう魂胆なんだな。犯人がヴォーン氏の身近にいる人間なら、必然的に犯人の耳にも入る」

ミックは真顔で頷いた。

「そうだよ。ヴィッキーが攫われたことを知ったら、犯人なら必ずもう一度マロニーさんに接触してくる。犯人がいないなら、エセルが自分でやったことなら、第二の連絡はないだろうし、その時はヴィッキー・ヴォーン誘拐犯人として、ぼくは警察に出頭する。そのことが報道されれば恐らくエセルの耳にも届く。家出だとしてもまだ出国はしていないし、できないはずだ。想像した以上に大変なことになっているとわかれば、きっと連絡してくるよ」

「乱暴だけど、筋は通ってるな」

ヴァレンタイン卿が聞いたら『通ってない！』と、絶叫したに違いない。誰が聞いても同じことを叫ぶだろうが、ここにいるのは残念ながら互いに互いを理解不能と思っている人外生物が二体だけだ。

リィは、今は離れている相棒に思いを馳せた。

こんな時はあの黒い天使にいて欲しいと思うが、連絡を取ろうとは考えなかった。

彼の連絡先は既に連邦警察の知るところとなっているはずだからである。

それに、リィは知っていた。あの黒い天使にも、確かな未来など決して見えないということを。

今進んでいるこの道が正しいのかどうか、それは誰にもわからない。もしかしたらどこかに見えない落とし穴が潜んでいるかもしれない。

だが、それを恐れていては何もできない。

自分は自分にできることを信じて進むだけだ。


「よし。まず部屋の確保だ。ミックは一時間ごとにエセルの端末に掛け続けろ」

「そうする」

「エセルが出たら、その時点で誘拐は中止だからな。――ヴィッキーを泊める予定の部屋は？」

「こっちだ」

居間を出る前にリィは着ていたセーターを脱いで丁寧《ていねい》にたたみ、一番きれいな長椅子の上に置いた。

これを汚すわけにはいかないからである。

6

家の中は眼を覆《おお》わんばかりの惨状だった。

掃除《クリーニング》の専門家も間違いなく絶句し、次に唸《うな》って、「第一級危険物件」と認定するに違いない。

もしくは「こちら最前線、至急応援請う！」だ。

かろうじて『足の踏み場があった』のは居間と、居間に続く台所だけで、他はどの部屋を覗《のぞ》いても、得体の知れない機械類がごちゃごちゃと並べられ、身体を入りこませる隙間がやっと空いているだけだ。

ヴィッキーを泊める予定の部屋は客間だそうだが、眼に入るのは天井までうずたかく積まれた箱や缶、未開封の梱包《こんぽう》、用途不明の道具類、書籍と衣類の山、それらにたっぷりと積もった埃《ほこり》と蜘蛛《くも》の巣――。

とことん冷ややかな、見下げ果てた緑色の視線を向けられて、ミックは頼りない口調で言った。

「……このどこかに寝台があるはずなんだけど」

「埋まってるの間違いだろう」

リィは苦い顔で返し、埃臭い部屋の扉を閉めた。

「ここを片づけるのは大仕事だぞ……。どこか他に部屋を借りたほうが早くないか？」

「だめだよ。仕事がある」

「仕事？」

「うん。ここの端末に実験資料《データ》が送られてくるんだ。状態を観察して毎日まとめないと意味がないからね。そんなに長く家は空けられないよ」

昨日もそれで時間を取られたらしい。

ミックの話ではこの家の作業端末はかなり特殊な仕様になっており、これに外部から接触できるのは今のところキエナの部屋の端末だけだという。

元より誘拐《ゆうかい》した子どもを安全にかくまえる場所がそうそう見つかるわけもなく、となれば意を決して大掃除をするしかない。

リィは自信なさげに首を捻《ひね》った。

「あんまり掃除って得意じゃないんだけどな」

「ぼくも」

「そんなのはこの家を見れば一目瞭然《りょうぜん》だ。居間と台所だけが比較的まともなのはどうしてだ？」

「ウェブスターさんの管轄《かんかつ》だからだよ。毎日通って片づけてくれてる」

その人が毎日の食事と掃除を担当し、かろうじてミックの人間的生活を維持させているらしい。

「彼女、この間から旅行に行ってるんだ。あたしが帰るまで塵《ごみ》に埋まらないで生き延びててくださいね——なんて言ってたけど」

そのウェブスターさんが旅行に出発したのは実に一昨日の朝だというから驚きである。

居間と台所は既にかなり混沌としているのだ。

旅行の予定は十日間だという。戻った時には塵に埋まって死んでいるんじゃないかしらという彼女の言葉は正鵠《せいこく》を得《え》ていると言わねばなるまい。

「その人、寝室の掃除はしてくれないのか？」

だとしたら寝室も比較的まともではという期待を込めての質問だったが、ミックは首を振った。

「寝室はないよ」

「ないって、ミックはどこで寝てるんだ？」

「その日によって違うけど、居間の長椅子だったり、車庫の中だったり、適当だよ」

そこでリィは車庫を覗いてみた。

独り暮らしなのに無駄に広いミックの家は車庫も広かった。本来なら車を三台止められる広さだが、今は一台をすべり込ませるのがやっとだ。ここにも長椅子や机、本棚、大型端末などが所狭しと置かれ、半ば生活の場と化している。

やはりどうしても客間を片づけて寝台を『発掘』するしかないらしい。乗りかかった船には最後までつきあうのはリィの性分であり、信条でもあったが、それにしても大掃除とはため息が出る。

「通いの家政婦さんがいるなら、この家のどこかに掃除道具があるはずだな」

「うん。あそこだよ」

ミックが示したのは台所の隣の細長い扉だったが、リィが手を伸ばそうとすると慌《あわ》てて遮《さえぎ》ってきた。

「だめだよ！　それは禁断の扉なんだ」

「はあ？」

見たところ鍵が掛かっているようでもない。

至って普通の折戸《おりど》だが、「触っちゃだめだ！」と、すごい剣幕で制止してくる。

「ここはぼくの家だけど、そこは治外法権なんだ。絶対に触ったり開けたりするなって、ウェブスターさんに言い渡されてるんだよ。もしその扉を開けて一歩でも中に入ったら、その時は二度とこの家には来ませんって。それは困るんだよ」

彼女に見捨てられたら生活できないのがわかっているので、ミックも必死である。

「じゃあ、おれが開ける。非常事態なんだ。おれが開けて中に入る分には、ミックはその人との約束を破ったことにはならないだろう」

扉の中は二メートル四方程度の物置だった。

壁一面に棚がつくられ、掃除に使う道具が整然と並べられ、塵《ちり》一つないほど拭き清められている。

治外法権区域はまだあった。居間の隣の化粧室がそれだ。この家には化粧室が二つあり、居間の隣の化粧室は便器と洗面台のみの来客用である。

ウェブスターさんはそこを自分用に定め、決してミックには使わせないという。物置以上に厳しく『触るべからず』を徹底させているというのだ。

ウェブスターさんという人は実に聡明な女性だとリィは感心した。

雇《やと》い主《ぬし》にここを許したらたちまち他の部屋と同じ惨状になるのがわかっているのだろう。

自分の城だけは死守しようとしたわけだ。

とは言え、家の中で唯一きれいな場所が化粧室と物置とは、これまた決定的に何かが間違っている。

リィは棚から前掛け、マスク、ゴーグル、手袋を借りて、頭には手拭《てぬぐ》いまで巻いて戦闘準備を調えた。

大仰《おおぎょう》な身支度《みじたく》を見てミックが笑い出す。

「おおげさだなあ。そこまでするのかい？」

「あの部屋の状態を見てそう言えるミックには感心するけどな。同様にすることを勧めるぞ、家の中の埃は身体に毒なんだ」

それから二人は本格的な片づけに取りかかった。

ミックは最初マスクだけをつけていたが、すぐに「眼が痛い！」と騒ぎ出し、慌ててゴーグルをつけ、ほっかむりをして戻ってきた。

リィは見た目は華奢《きゃしゃ》でも力仕事は得意である。

ミックも一応は大の男だ。しかし、二人がかりでせっせと働いても、部屋を占拠している山のような荷物を運び出すにはかなりの時間が必要だった。

その荷物の行き先が問題だったが、幸い屋根裏に余裕があった。余裕どころか見事に空っぽである。

滅多に使わないものは最初からこっちにしまえと、リィが苦言を呈したのは言うまでもない。

屋根裏と客間を何度も往復して、午前中いっぱい働き続けた結果、ようやく寝台が見えてきた。

まさに発掘作業だ。

「やれやれだ……」

リィは手袋を塡《は》めたまま寝具一式を引き剝《は》がした。

一度洗っただけで使えるようになるのか、非常に疑問を感じる代物である。

洗濯機《せんたくき》の場所はわかっていたから、そこへ持って行こうとしたら、ミックが再び血相を変えて叫んだ。

「洗濯機はだめだ！　あれは悪魔の箱だよ！」

ゴーグルの奥で、リィの眼が丸くなる。

「何だって？」

ミックが言うには、ウェブスターさんが休みの時、自分で洗濯をしようとしたら、洗濯機が悪魔の箱に変身した。大暴れして水と泡を吹き飛ばしたあげく機械は停止、辺りは水浸《みずびた》しになったというのだ。

埃だらけの布の山を抱えて、リィは嘆息《たんそく》した。

「どうやったら市販の洗濯機でそんな器用な芸当が

できるのか、こっちが聞きたいぞ。――それより、腹ごしらえをしないか」

「あ、そうか。そろそろお昼だね。材料はあるから何かつくるよ」

リィがとっても懐疑的な眼をミックに向けたのは言うまでもない。この男には生活能力というものがごっそり欠けているとしか思えないのだ。

そんな男が料理をするという。

あまりにも危険すぎる。

「やめとけ」

断固とした一言だったが、ミックは意に介さない。

「大丈夫。簡単だよ。すぐに支度するからね」

「おい！」

いそいそと台所へ向かうのを見て、リィは焦《あせ》った。

あの男の大丈夫ほど信用ならないものはないが、洗濯物は早く洗う必要がある。洗濯機のところまで急いで行って、埃だらけの布地を放り込んだ。ただ、寮でいつも使っている機種と違って、初めて使う型だったので、作動させるのにいささか手間取ったが、それでも十分と掛からず台所に向かったはずだった。

ところが、時既に遅し。リィが顔を出した時には、調理器に置いた鍋から白い煙が立ち上り、台所には異様な臭《にお》いが立ちこめていたのである。

「何をやってる！」

叫ぶと同時に調理器を止めた。

換気扇を回し、窓を全開にして煙を逃がしながら、リィはぽかんとしているミックを怒鳴《どな》りつけた。

「馬鹿か、おまえ！　もうちょっとで火災報知器が作動するところだぞ！」

万事に鈍いミックは調理器の前に立っていながら、鍋から漂《ただよ》う危険な臭いが何を意味するものかも思い至らなかったらしい。

当然、リィの剣幕の理由も理解できないようで、不思議そうな顔で言い返してきた。

「そんなはずはないよ。いつもウェブスターさんがやってるようにしたんだから。食材を加熱すれば、食べられるものになるはずだろう」

「それはあくまで火を通したらという意味であって、炭化させたらという意味じゃない！」

再び怒鳴りつけて、リィは苦い息を吐《つ》いた。

「おまえ、よく今日まで無事に生きてたな……」

鍋の中身は適当に切った肉の塊《かたまり》のようだったが、焼き加減はウェルダンを通り越して黒焦《こ》げである。

火を使わない調理器で、この短時間で、よくまあここまで壊滅的な作業ができるものだ。

リィはその物体を皿に空け、冷蔵庫を覗いてみた。

ここもウェブスターさんの管轄らしく、きちんと整頓されて、一通りの材料や調味料が入っている。

台所の一角には立派な食料庫があった。ここにもハムやベーコン、チーズの塊、長持ちする根菜類や果物が置いてある。

ハムの塊を取って匂いを嗅《か》いでみたリィは笑みを浮かべて、同時に舌打ちした。

「こんな上等の肉を消炭《けしずみ》にするなんて、肉に対する冒瀆《ぼうとく》だぞ」

ぼやきながら包丁を取る。料理はあまりしないが、刃物の扱いなら得意だ。新たにハムを切り分けて、食料庫の中から取り出した野菜も切り分ける。

ハムは卵と一緒に焼き、野菜は炒《いた》めて塩を振った。

加熱しただけの簡単なものだが、あっという間に立派な昼食ができあがった。

自分でつくったそれを皿に移し、元々は肉だった物体をのせた皿と一緒に食卓に運ぶと、リィは腰を下ろしたミックの前に黒焦げの塊を置いて言った。

「自分で焼いたんだからな。自分で食べてみろ」

食えるものならな――と厳しく付け加える。

半信半疑の手つきでそれを口に運んだミックは、世にも情けない顔になった。

「これは……食べ物とは言わないね」

「気づくのが遅い」

まったくの味音痴《おんち》でなかったのは幸いだったのか不幸だったのか――眼の前の料理が食べられないと

わかったミックは、美味《おい》しそうな匂いの漂うリィの皿に物欲しげな視線を向けてきた。

まるっきりお預けを食らった大型犬である。

自分からねだろうとしない分だけ、いじらしいと言えなくもないが『眼は口ほどにものを言い』だ。

何やら忙《せわ》しく身動きしながら、上目遣いにじっと見つめてくるが、すぐに許しては躾《しつけ》にならない。

リィは黙々と食べ続けていたが、ようやく食事の手を止めて、ミックに眼を向けた。

「二度と調理器には触らないって約束できるか？」

「誓《ちか》う！」

それでやっとリィは自分の皿の料理を分けてやり、二人はせっせと腹を満たした。

食後にもう一働きすると、洗濯物もきれいに乾き、最大の懸念《けねん》だった客間もどうにか許容範囲と言える程度には片づいたので、リィは本格的な支度に取りかかることにした。

自分たちはこれから誘拐に赴《おもむ》くのだ。

しかもその現場は、昨日自分が誘拐されたはずの住宅街だ。

事件のことはまだ公《おおやけ》にはなっていないだろうが、警官が眼を光らせていることは想像に難《かた》くない。

あの派手な赤いセーターを脱げば、だいぶ印象が変わるはずだが、それだけでは不足な気がした。

「ミック、髪染めか何か持ってないか」

「髪染め？」

ミックにはリィがこんなことを言い出した理由がわからないようで、訝《いぶか》しげな顔で問い返してきた。

「おしゃれしたいなら別に今でなくても……」

「馬鹿。おれのこの髪は目立つんだ。色を変えればかなり印象が変わるだろうが」

そこまで言われて初めて納得して手を叩く。

「そうか。それなら、懸賞で当たったのがどこかにあるはずだよ。——それにしても、きみはずいぶんいろいろ考えるんだねえ」

「ミックが考えなさすぎなんだ。印象を変えなきゃいけないのはそっちも同じなんだから、せめて髭《ひげ》を剃《そ》って、もう少しましな服を着ろ」

「ましって？」

「地味な服って意味だ」

リィ自身も服装に無頓着《むとんちゃく》だが、ミックの服装が『普通でない』ことくらいはさすがにわかる。

ぼさぼさの髪に長い無精髭だけでもかなり怪《あや》しく見えるのに、よれよれの外套《がいとう》の下に着ていたのは幻覚的《サイケデリック》とも言える眼がちかちかするような派手な柄物《がらもの》シャツである。巡回中の警官に『職務質問してください』と言っているようなものだ。

ところが、当人には自分の服装の何が異様なのか、それすらわかっていないらしい。

ただし、昨日と同じ服装で同じ場所に出向くのはまずいということだけは理解したようだった。

「地味な服って言っても……あったかなあ？」

車庫の中に積み上げてあるのがミックの着替えで、その日に着る服は適当にひっぱり出しているという。

リィは念のためにそれらの服を全部調べてみたが、いっそ見事なくらい一枚も『無難な服』がない。

「こりゃあ、途中であつらえるしかないな」

リィが盛大にため息を吐くと、ミックは大げさに肩をすくめた。

「最初は掃除で、今度は服の新調かい？　参ったな。誘拐にそんな支度が必要とは知らなかったよ」

リィは皮肉たっぷりに言い返した。

「おれも知らなかった。世間一般の誘拐犯は攫《さら》った子どもを匿《かくま》う場所くらい初めから用意するだろうし、誘拐を実行する時は目立たない服装を選ぶくらいの常識はあるだろうからな」

「でも、きみが目立つっていうのはよくわかるな」

言葉が通じないのか、人の話を聞いていないのか、ミックは隣の部屋で何やらごそごそやっていたが、染髪剤と鋏《はさみ》を持って車庫に戻ってきた。

黒い染料はともかく鋏は何に使うのかと思ったら、ミックは車の横の椅子を指して言った。

「そこに座って。切ってあげるから」

「何を？」

「髪だよ。その頭は長すぎる。——ぼくもだけどね。ちょうどいいから、お互いここで散髪しよう」

リィはぽかんとなった。

この金の戦士にはあるまじきことながら、度肝《どぎも》を抜かれた顔つきで立ちつくし、まじまじと男の顔に視線を注いで、小さく吹き出した。

喉《のど》の奥で笑う楽しげな声はなかなか止《や》まないので、ミックのほうが怪訝《けげん》な顔になる。

「そんなに変なことを言ったかい？」

「そうじゃない。今回に限ってはミックの言い分が全面的に正しい。そう……そうだな。確かに印象を変えるならこの髪を切るのが一番早いんだけど」

「だろう？　女の子じゃないんだから髪を切っても別に問題ないじゃないか」

リィはまだ笑いを噛《か》み殺しながら首を振った。

「さあ、困った。いちいちもっともだし、だめだと言う理由もないんだけど、切るのはミック、のた、めに、やめておいたほうがいい」

「どういう意味？」

「おれは別にかまわないんだ。長くても短くても。丸坊主でも。ただ、他人が下手《へた》にこの髪をいじると、その手が大火傷《おおやけど》する恐れがあるからさ」

今度はミックがきょとんとなり、薄気味悪そうな顔になった。

「——きみの髪はそんな危険物なのか？」

「まあ、何というか、説明しにくいんだけど……」

この金髪を気に入っている相棒の顔を思い出して、リィは曖昧《あいまい》に首を振った。

「とにかく切るのはよしたほうがいい。黒く染めるだけでもだいぶ違うはずだ。——ミックの髪は後でおれが切ってやるよ」

じょうずに切れるかどうか自信はないけど——と、心の中で呟《つぶや》いてリィは髪染めを受け取り、ミックが普段使っている化粧室に向かった。洗面台の対面に大きな風呂桶《バス・タブ》があり、シャワーは別になっていて、部屋の角には便器がある。

　しかし、そのどれもこれもが大変な汚れようで、リィはげんなりした。

　普段それほどきれい好きだとは思っていないが、ウェブスターさんがここを使うのを断固として拒否した気持ちがいやでもわかる。到底こんなところで用を足したりできない。

　ここも掃除する羽目になりそうだった。

　一方、着るものを探しに居間に向かったミックは、ちょうど控えめに扉を叩く音《ノック》に気が付いた。

「はい。どちら——？」

　玄関を開けると、そこに中学生くらいの女の子が立っていた。

　色白で長い巻き毛に菫《すみれ》の瞳《ひとみ》、すらりとした姿の、はっとするほどきれいな少女である。

　ミニスカートを穿《は》いて、小さな鞄《かばん》を持った少女は、髭もじゃのミックを恐れる様子もなく見つめると、微笑を浮かべて話しかけてきた。

「マイケル・ロス・オコーネルさんですか？」

「大げさだな。ミックでいいよ。——きみは？」

「初めまして。シェラ・ファロットと申します」

　丁寧《ていねい》に一礼して、少女は言った。

「あの人はどこですか？」

「誰？」

「昨日、キャスケード・エレクトロニクスの部屋で、あなたと一緒にいた人です」

　よせばいいのに（本当によせばよかったのに！）ミックは咄嗟《とっさ》にとぼけるという手段を選択した。

「えーっと、何のことかなあ？　昨日なら、ぼくはずっと家にいたんだけど」

　言うまでもなくこれは最悪の選択だった。

　少女の表情は変わらなかったが、その眼がなぜか冷ややかに笑ったように見えた。

「とりあえず、入れてもらえますか？」

「えっ？　いや、だめだよ。散らかってるから」

「お邪魔します」

ミックの制止などものともしない。するりと彼の横を通り抜けて、少女は家に上がり込んだ。

「ちょっと！　だめだって！」

ミックが慌てて追いかけたが、その時には少女は長椅子に置かれた赤いセーターを見つけていた。

視線を険《けわ》しくして振り返る。

「これを着ていた人はどうしました？」

「あのねえ、きみ……」

ミックが言い訳を探すわずかな間に、少女は鞄の中から何か取り出した。

極細の長い鎖はミックの眼には首飾りに見えたが、輪にはなっておらず、両端に小さな錘《おもり》をつけてある。

「それはね、親戚の子の忘れ物なんだよ。ここにはぼく一人しかいないんだから」

何とか穏便に追い返そうとミックが近寄った瞬間、少女はその鎖を一閃《いっせん》させた。

ミックの右の手首に細い鎖が蛇のように巻き付き、ものすごい力で引き倒される。

「わっ！」

ミックは派手な音を立てて倒れ込んだ。激突した時には既に手首の鎖は解かれている。

慌てて立ちあがろうとしたところを突き飛ばされ、少女の細い足が思い切りミックの背中を踏みつけた。

驚くべき早業《はやわざ》だった。大の男を簡単に手玉に取り、床に転がして身動きできないようにしたのである。

「お、女の子が暴力はいけないよ！」

床に頰《ほお》をつけられた状態で必死に叫ぶと、少女の冷笑が上から降ってきた。

「耳がないんですか、あなた。わたしは、あの人はどこかと訊《き》いているんです」

今度はミックの首にあの鎖がひゅっと巻き付いた。じわりと力を籠《こ》めて絞め上げてくる。

「これが最後です。言いなさい」

言うからこれを緩《ゆる》めて！　というミックの悲鳴は既に言葉にはならなかった。

　リィが顔を出すのが十秒でも遅れたら、ミックは完全に失神していただろう。

　髪を染めたリィが居間にやってきた時、そこではミックが床に腹這《ば》いになり、ミニスカートの少女が彼の身体を挟んで覆い被さるように床を踏みしめ、細い鎖で彼の首を容赦《ようしゃ》なく絞め上げているという、異様な場面が展開されていたのである。

　この予想外の光景にはリィも眼を丸くした。

「そんな恰好で何してるんだ？」

　さすがにリィはシェラがどんな姿をしていようと、見間違えたりはしない。

　シェラもまた、黒い髪になっているリィを見ても戸惑うことはない。笑って答えた。

「あなたを攫った不埒《ふらち》な犯人からあなたの居場所を白状させようとしているところです」

「じゃあ、おれはここにいるわけだから、ちょっと加減してやってくれ」

「わかりました」

　やっと自由になったミックはぜいぜい喘《あえ》ぎながら、大慌てでリィの後ろに隠れたのである。

「ヴィッキー！　な、な、何なんだ、この子!?」

「友達だよ。大火傷の原因その二ってとこだ」

　犯人と親しげに話しているリィを見て、シェラは眉《まゆ》をひそめた。

　この人が何をしでかしても今さら驚きはしないが、これだけは言っておかなくてはならなかった。

「ルウが今どこにいるかご存じですか？　あなたの誘拐に関与した疑いを掛けられて、キエナ警察署で取り調べを受けているんですよ」

　意外な言葉に再びリィの眼が丸くなる。

「何でそんなことに？」

「あなたの姿が見えなくなっても、しばらく警察に届け出なかったからというのが理由です。わたしも同罪なんですが……」

　ちょっとでもリィを知っている人なら、誰だって警察に届けたりはしないだろう。そのことでルウを責めるのも筋違いだとわかっている。

しかし、その常識は警察には通用しない。

相棒の身を案じるかと思いきや、リィはきらっと眼を輝かせた。

「連行されたのは今日なのか？」

「ええ。今朝のことです」

「共犯容疑が掛かっているなら、警察は少なくとも今日一日はルーファを放さないな」

「あなたの無事が判明すれば話は別です」

シェラとしては一刻も早くそうして欲しかったが、リィは満面に笑みを浮かべて頷《うなず》いた。

「好都合だ。しばらくそこにいてもらおう」

シェラは苦いため息を吐いた。予想はしていたが、まだ警察に行く気はないらしい。

「何をするつもりです？」

「これから子どもを誘拐しに行くところだったんだ。おれたちと同い年で、名前はヴィッキー・ヴォーン。ただし、男か女かわからないんだ。おれ一人じゃあその子をうまく連れてこれるかどうかちょっと自信なかったのさ。シェラが来てくれたのはありがたい。手を貸してくれないか？」

今度こそ呆《あき》れ果てた顔でシェラは言った。

「わたしの記憶が確かならば、昨日誘拐されたのはあなたのはずですけど？」

「間違えたんだと。この馬鹿、顔も性別も知らないその子を攫うつもりで、おれに声を掛けたんだ」

「やはり、それが主犯ですか」

紫の瞳がきらりと光って凄《すご》みを増し、その視線にミックが怯《おび》えて小さくなる。

貴様はこの人に何を吹き込んだと（リィが自分の意思で行動しているのはわかっていても）その眼は忌々《いまいま》しげな光を浮かべてミックを凝視している。

リィはその視線からさりげなくミックをかばって、なるべくシェラを刺激しないように話しかけた。

「まあ、聞いてくれ。複雑な事情があるんだ」

要点をかいつまんで説明しても、常人なら容易に飲み込めない難解な事情だろうが、そこはシェラも理解力は半端ではない。冷静に意見を述べた。

「ヴィッキー・ヴォーンの誘拐には賛成しかねます。エセルが家出したかどうかを見極めるのが目的なら、エセルの学校に出向いて、彼女の友達から、最近の彼女の様子や言動について聞き出すなりしたほうが、よほど確実なはずです」

「いい考えだ。ただ、それはエセルの失踪《しっそう》が家出と仮定した時の話だろう」

「あなたは誘拐だと思ってらっしゃる？」

「どっちとも言えない。何しろ情報が少なすぎる。ただ、誘拐なら、犯人の狙いは何なのかが気になる。新型跳躍装置の図面が欲しいだけなら、他にもっとやり方があったはずだ。それなのになぜカーシー・ヴォーンとヴィッキーを名指ししたのか」

「つまり、エセルの誘拐にはカーシー・ヴォーンも何らかの形で関わっていると言うんですか？」

「わからないが、ひょっとしたらその可能性もある。さもなくば、この両者の間にはおれたちの知らない関連性があって、犯人はそれを知っているかだ」

シェラはそれでもまだ懐疑的な顔で、どうしても避けることのできない疑問点を述べた。

「ヴィッキー・ヴォーンを誘拐した後で、エセルが『ただいま』と戻ってきたらどうするんです」

「その時はミックが警察に行くってさ」

「ヴィッキー・ヴォーンをここに匿っていることが発覚したら？」

「保護者の了解なしに未成年を家に泊めたとなれば、やっぱりミックは責任を問われることになる」

「あなたはどうなります？」

「どうもならない。お説教は食らうかもしれないが、子どものしたことだ。めいっぱい可愛く振る舞って見逃してもらうさ」

「その有様が可愛いかどうかははなはだ疑問ですが、どのみちこの人は誘拐犯として逮捕されるんですね。それなら結構です」

何が結構なのかミックにはわからない。

「全体の計画の首謀者はあくまでこの人であって、あなたは偶然巻き込まれただけの部外者に過ぎない。そういう前提ならばヴィッキー・ヴォーンの誘拐も止めませんが……」

シェラは諦《あきら》めたような息を吐いた。

「ルウも同じことを言っていましたが、物好きにも程がありますよ」

「それを言うなら、おれなんかを誘拐しようとしたミックのほうがよっぽど物好きだ」

ミックが猛然と反論する。

「あれは誘拐じゃないだろう。きみは自分の意思でぼくについてきたって言ったはずだぞ」

「あなたは黙っていなさい」

シェラがぴしゃりと言って、再びリィに眼を移し、見慣れない黒い頭にちょっと微笑した。

「それで、そんな頭にしたんですか？」

「ああ。ちょっとでも印象を変えて目立たなくなるようにと思ってさ。ヴィッキー・ヴォーンも金髪が特徴的な子らしい。そこにおれが近づいていったら、いやでも人の注目を集めることになる」

どこまでも懲《こ》りるということを知らないミックが横から不満そうに口を挟んだ。

「だからばっさり切ればよかったんだよ」

室内の温度が確実に二度は下がった。

謎の冷気の発生源は明らかに、顔だけはにっこり微笑《ほほえ》む天使のような美少女である。

「――何と言いました？」

焦った表情のリィが『黙れって！』という合図を送っていることにもミックは気づかない。

大火傷の原因だと聞いたことも忘れて、ミックは彼の信ずる当然の主張を訴えたのだ。

「そんな長い髪は短くするのが一番効果的だろう。だから鋏で切ってあげようとしたんだよ。その上で髪の色を変えれば別人に見えるのに」

「鋏で切ってあげようとした」

繰り返す声の平淡さが恐い。

対照的に紫の瞳は妖しく煌《きら》めいている。

見た目は華奢な美少女でも、氷の女王さながらの威圧感である。いかに鈍いミックでも尋常《じんじょう》ならざるその迫力は感じ取れたので、口をつぐんだ。

「実際にやらなかったとは運のいい男です」

雪山の山頂から吹き下ろす風のような声だった。

「ここにルウがいなかったことを神に感謝しなさい。わたしだったらそのむさ苦しい頭を丸坊主にして、全身丸刈りにするだけですませてやるところですが、あの人はそれでは到底収まりません。もしこの人に本当に手を掛けでもしていたら——」

「シェラ、大げさだぞ。ミックは髪を切ろうとしただけで、悪気があったわけじゃ……」

見かねたリィが口を出したが、シェラは珍しくもきっぱりと言ってきた。

「いいえ、言わせていただきます」

勝手な行動をした自覚はあるので、リィもあまり強く出られない。むしろ小さくなるしかない。

「エセルという少女を助けたいというのはこの人の希望です。あなたがそれに協力したいと言うのなら、仕方がありません。一日も早く学校に戻るためにも、及ばずながら手を貸しましょう。ですが……」

シェラは冷ややかな眼をミックを向けた。

「この人の流儀に合わせてやる義理はありません。わたしにも、無論あなたにも」

「わかってるよ」

「本当に？」

非難の眼差しにリィは苦笑して眼を逸《そ》らした。

「わかってる。厄介《やっかい》なことになったと思ってるのはおれも同じさ。こんな面倒は早いところ片づけて、ルーファを警察から解放してやらないと」

「それは今すぐやるべきだよ」

意外にも割り込んだのはミックだった。

「きみの知り合いが誘拐の共犯の疑いを掛けられているんだろう。放っておくなんていけないよ」

真面目に言われて、リィは呆気《あっけ》にとられた。

まじまじと男を見返して首を振る。

「困った……ミックがたまにまともなことを言うとものすごく異様に聞こえるぞ」

「冗談言ってないで早く知らせないと」

「警察に連絡して何て言うつもりなんだ。その人はおれの誘拐には関係ない。そこまではいいとして、自分が本物の犯人ですって言うのか？」

「誘拐事件は存在しなかったんだって言えばいい。事実なんだから」

こういうことを本気で言うから頭が痛くなる。

「忘れてるのか。おれたちはこれから別件の誘拐を働こうとしているところなんだぞ」

「それは違うよ。その子に家出を促《うなが》すだけだろう。子どもがやれば犯罪にはならないって、昨日きみが自分で言ったんじゃないか」

堂々と奇怪な理屈を展開するミックに、シェラが呆れ顔になって、リィに尋ねた。

「——この人はずっとこんな調子なんですか？」

「そうなんだ。危なっかしくて見てられなくてさ」

深い息を吐くリィに、シェラは微笑した。

「だから見かねて手を貸すことにしたわけですか。あなたらしい……」

しかし、すぐに表情をあらためて、厳しい視線をミックに向ける。

「いかに危なっかしくてもこちらが主犯ですからね。少しはそれらしく見えるように手を加えなくては。胡散《うさん》臭いと言うにも限度があります」

脅《おど》すような口ぶりでそんなことを言うものだから、ミックは飛び上がった。

「いや！　だからまず知り合いの人を！」

「それは心配しなくていい」

リィが請け合った。

「出たくなったら自分で出てくるから。今はむしろ警察にいてくれたほうがありがたい。同じ住宅地で二日続けて子どもが行方不明になれば、ルーファに疑いが向くのは避けられないが、警察に抑留されているなら不在証明《アリバイ》は文句なしだ。留置場に入っててくれればもっとありがたいんだが……」

そこまでは無理かな――と残念そうに言うリィに、少女の姿のシェラが頷いた。

「捜査を担当しているのは連邦警察のコール警部とおっしゃる方です。物静かで柔和そうな方ですが、実は優秀な捜査官とお見受けしました。取り調べは厳しくても、証拠もないのに逮捕するようなことはないと思います」

「言い換えれば早めに解放する可能性もあるわけだ。急いだほうがいい。ルーファが警察署を出た直後にヴィッキー・ヴォーンがいなくなったなんてことになったら、目も当てられないぞ」

「同感です。その子の学校はどこです？」

「それがわからない。あの住宅街に住んでいるのは間違いないらしいから、実際に行って子どもたちに訊いてみたほうが早いだろう」

「それなら確かにわたしたちが適任ですね」

「どんな子かにもよるけど、女の子だったらおれが何とか話を持って行く。男の子だったら――」

シェラは自信たっぷりに頷いた。

「お任せください」

主犯のはずのミックが完全に蚊帳《かや》の外である。

彼の最大の不幸にして予想外の好運は、人違いでリィを誘拐したことだ。

そのリィを探して追いかけてきたシェラもただの子どもとはわけが違う。

出かける前に家の中をざっと見て回り、文字通り足の踏み場もない部屋に顔をしかめ、浴室の惨状に嘆息し、リィとミックが片づけた客間を微笑ましい眼で見つめ、掃除道具を収めた物置を一目見るなり感嘆の声を発した。

「ウェブスターさんという方は実に立派な、尊敬に値する女性ですね。こんな家の家政婦など役不足もいいところです。宝の持ち腐れです」

そこまで言い切り、冷蔵庫と食料庫の中身を見てこれまた満足そうに頷いた。

「すばらしい品揃《ぞろ》えです。後は青物を買ってくれれば、存分に腕を振るえますよ」

「助かった」

ほっとしたように言ったのはリィである。これで少なくとも日々の食事には不自由せずに済む。

「浴室の掃除は戻ったら取りかかるとして、今夜のわたしたちの寝床はどうします？」

「おれは床で充分だ。シェラは？」

「わたしも寝袋があればそれで充分ですけど」

ここには見あたらないし、どこかにあるとしても、それをまた発掘するのは大変な手間だ。

リィが言った。

「ミック。お金に困ってないなら、もう一台、車を買えるか？」

「買えるけど、何で？」

「帰りは人数と荷物が増えるんだ。もっとゆったり乗れる大型のワゴン車が欲しい。おれたちの寝袋と多少の着替えも必要だ」

「いいよ。他に必要な物があったら何でも言って。途中で揃えるから」

シェラが不思議そうに質問する。

「お金に困っていない誘拐犯とは珍しい。——どうやって得たお金ですか」

「趣味の利益だよ」

「具体的に言いなさい」

厳しい口調はシェラの怒りが半端ではないことを示している。いつもならどんなに腹を立てていても、『具体的にお願いします』というところだ。

先程絞め上げられたのがよほど効いたのだろう。

ミックは慌てて、しどろもどろに説明した。

「特許を取ってるんだ。種類はえーと、日用雑貨や通信補助機器だったと思うけど、詳しくは知らない。そこから勝手にお金が入ってくるんだよ」

『日銭《ひぜに》を稼ぐ』という言葉を知っているシェラには、

この発言は極めて脳天気で無責任なものに聞こえた。

冷ややかに笑って問い質《ただ》した。

「ずいぶんと羨《うらや》ましいご身分のようですが、年間に入る金額はどのくらいです？」

「えっ？　正確な額はわからないけど……」

「だいたいで結構です」

ミックがうろ覚えで上げた『だいたい』の金額はかなりのものだった。働かなくても充分、贅沢《ぜいたく》して暮らせる額だったので、シェラは満足そうに頷いた。

「安心しました。それならいつ逮捕されても最高の弁護士を雇えますね。お金の使い道としては極めて有意義です」

どこまでも容赦がない。最後の仕上げとばかりに、シェラは婉然《えんぜん》と微笑んでミックに迫った。

「さて、鋏はどこですか？」

ミックは大きなビニール袋を首に通された状態で車庫の椅子に座らされて髪を切られていた。

ミックが持っていたのは散髪専用の鋏ではなく、ごく普通の工作用の鋏だったので、シェラはまたも視線を険しくしたのである。

「……こんなものであの人の髪を切ろうとするとは、罰当たりな」

厳しい口調で言いながらもシェラは実に手際よく、ぼさぼさのミックの髪を切り落としていった。

見ていたリィが感心したように言う。

「シェラは床屋もやるのか」

「ほんの手遊《てすさ》びですけど。見苦しくないよう揃える程度でしたら」

どうやら丸坊主は免《まぬが》れるようなので、ほっとして、ミックは深く考えもせずに口を開いた。

「きみ、さっき、全身丸刈りにするって言ったけど、犬じゃないんだから全身はないだろう」

白い指が背後からひんやりとミックのこめかみを押さえた。

「言わなければわかりませんか。手足、胴体《どうたい》、陰毛、頭、髭、睫《まつげ》と眉毛《まゆげ》も一本残らず剃るという意味です。それで立派な人間の丸刈りのできあがりです」

「あは、あはは……」

現実逃避のあまりミックは乾いた笑い声を立てることしかできない。

「髭は自分で剃ってくださいね」

「はい！」

髪を短く整えてもらったミックは慌てた手つきでむさ苦しい髭をきれいに落とした。

すると意外にも若く端整な顔立ちが現れたので、リィは呆れて言ったのである。

「いつもそうしてればいいじゃないか。少なくとも顔だけなら充分まともに見える」

「この頃、仕事が忙しくてね、髪を切る暇はないし、髭を剃るのもすっかり忘れてて……」

気づけば立派な不審人物のできあがりである。

顔は見られるようになっても服装はどうしようもない。ミックの持っている服を全部調べたシェラは苦い表情で吐き捨てた。

「話になりません。ショルティ住宅街までの道筋で顔を見られずに済む衣料店は？」

「え？　そんなこと急に言われても……」

「調べなさい」

慌てて携帯端末を取り出して調べ始め、ミックは辟易《へきえき》した様子で、そっとリィに囁《ささや》いた。

「あの子……本当にきみの友達かい？」

「そうだよ。何で？」

「何だか、きみのことも怒ってるみたいだからさ。第一、きみよりずっと恐い」

「そんなことない。今はちょっぴり機嫌が悪いだけなんだよ。——下手なことを言うとますます機嫌が悪くなるから逆らうんじゃないぞ」

最後は小声だった。

7

ヴィッキー・ヴォーンはふてくされていた。

理由はいろいろある。彼は同じ学級のメラニー・キンケイドに密かに好意を寄せていて、彼女の心を獲得したいと思っている。そんな彼の心を知ってか知らずか、友達の一人が大発見でもしたかのように
「メラニーって、アルジャーノン・ベイリーのこと好きなんだぜ」と囁《ささや》いてきたことがあるが、とても信じられなかった。あるわけないよと笑い飛ばした。

アルジャーノンは地味な目立たない少年だからだ。

女の子には人気があるらしいのは知っているが、授業中の発言も控えめで、成績もあまりよくない。運動もそれほどできるほうではない。ヴィッキーのほうがどちらもずっと成績がいいし、実績がある。いつも友達の輪の中心にいるヴィッキーと違って、アルジャーノンは一人で本を読んだりしている。

要するに、まったく興味の持てない相手なのだ。

眼中になかったのも当然だが、先日、メラニーが女友達と話しているのを聞いてしまったのである。

「アルジャーノンって、すてきよね」

激しく胸の中をかき乱されながら、ヴィッキーは何気なく――彼がそう努力したつもりだっただけで、実際には顔をしかめて――場に割り込んで断言した。

「趣味悪いな。あんな奴」

「彼は優しいわ。それに恰好いいじゃない」

メラニーは向きになってアルジャーノンの美点を次々並べ立てた。スタイルがよくて痩《や》せているとか、おしゃれだとか、本当に同じ人間を見ているのかと疑問に思うようなことをうっとり話し、しまいにはとにかくすてきと来た。

ものすごくおもしろくなかった。

ヴィッキーは自分の容姿にそこそこ自信を持って

いる。眉《まゆ》は細く、眼はきりっとしていて唇《くちびる》は厚く、鼻が低くて頬《ほお》が丸いのが少々気になりはするものの、全体的にいい顔だと思っている。

しかし、痩せているかと訊《き》かれると、残念ながら胸を張って頷《うなず》くことはできない。

決して太っているわけではないのだ。長距離走に向かない体型なのは確かだが、身のこなしは俊敏で、運動も大の得意だ。ただ、客観的に見て、ちょっと（本当はかなり）丸っこいのは事実である。

しかし、自分がアルジャーノンに見劣りするとは思わない。

あんな奴よりぼくのほうが断然いいのに——と、理不尽な怒りを覚えているところに追い討ちが来た。

ヴィッキーの父はクラウド・ピークに勤めている。学校の友達はみんな知っている大企業だ。

父はそこで重要な設計部署の一つを任されており、実際に宇宙船の製造に携《たずさ》わる責任者でもある。

これを話すと、友達はみんな眼を輝かせ、尊敬の眼差しでヴィッキーを見つめて羨《うらや》ましがる。

ヴィッキーにとっても大いに自慢できる父であり、誇りでもあった。

だから、今度の課外授業には友達を連れて会社の見学に行きたいと父に頼んだのである。

父は快《こころよ》くヴィッキーの願いを聞いてくれた。自ら設計室と製造現場を案内すると約束したのに、いきなりだめだと言い出したのである。

ヴィッキーは仰天《ぎょうてん》した。

あんなに約束したじゃないかと訴えた。

それなのに、父は、急な仕事が入って仕方がない、また今度な——なんて平気な顔で言うのである。

ヴィッキーは大きな声で怒った。友達にいったい何て言えばいいんだと必死に食い下がった。

そうしたら、わがままを言うんじゃないと、逆に叱《しか》りつけてくる始末である。

わがままとかそういうことを言ってるんじゃない。

これは純粋なる体面の問題なのだ。

友達に対するヴィッキーの面子《メンツ》は丸潰《つぶ》れなのに、父はそんなことにも気がつかないのである。

今日ほど学校に行きたくないと思ったことはない。

足が重く、倍くらい時間が掛かった気がしたが、逃げるのもいやだった。潔《いさぎよ》くクラウド・ピークを見学できなくなったことを先生に話し、一緒に行く予定だった友達にも率直に打ち明けた。

みんな驚き、がっかりした。楽しみにしていた分、反動も大きかったのだ。

生徒が題材を見つけられなかった場合、学校側が用意した見学先に行くことになる。今回は食品製造工場の見学だった。宇宙船の設計現場に比べると、あまりおもしろそうな題材とは言えない。

友達は誰も、面と向かってヴィッキーを責めたりしなかったが、内心そう思っているのは間違いない。

放課後、ヴィッキーは逃げるように家に帰った。

いつもは学校から帰ったら弟たちと遊んでやるが、今日はとてもそんな気分になれない。

まとわりついてくる弟たちを振り切るようにして、自転車で家を飛び出し、公園に向かった。

住宅街から二キロほどのところにある有料の国営公園は広大な敷地を誇っている。四季折々の草花に森や池、渓流まで備え、遠方からわざわざ観光客も訪れるところだ。運動設備も充実していてプールやボート、何種類もの球技が楽しめる。自転車《サイクリング》の一番長い行路《コース》は大人が走っても一時間はかかる。

有料とはいえ子どものお小遣いで入れるし、一日遊べるところなので、ヴィッキーも日曜には友達とよく遊びに来るが、平日に一人で来たのは初めてだ。

中距離の行路を思い切り飛ばして一回りすると、バスケットコートに入り、ボールを出して、一人で無心にシュートの練習をした。

身体を動かしても気分は晴れなかった。

陽が暮れる前には家に帰らなくてはならない。それも憂鬱《ゆううつ》だった。父の顔を見たくなかったのだ。友達の家に泊まりたかったが、明日も学校がある。

自分の親も友達の親も許してくれるはずがない。

ため息を吐《つ》いてボールをしまった彼の背中に声が掛かった。

「ヴィッキー・ヴォーン？」

振り返って、ヴィッキーはどきっとした。

見たこともないくらいきれいな子が立っていた。

薔薇色《ばらいろ》の頬はなめらかで、緑の瞳《ひとみ》は宝石のようで、黒い髪がよく映えている。

心臓が大きく跳ねて、身体が一気に熱くなった。

（メラニーより断然きれいだ）

彼のメラニーに対する思いは一途なものだったが、それとこれとは話が別である。メラニーは学級でも評判の美少女だが、この子には遠く及ばない。

それはヴィッキーだけの感想ではない。同級生の男子の誰が見ても同じことを感じるだろう。

絶対に女の子だと思ったが、そんなヴィッキーを牽制《けんせい》するようにその子は苦笑して言ったのだ。

「誤解される前に言うけど、おれ、男だから」

既に誤解した後だったので声が出ない。

絶句しているヴィッキーにその男の子は（とてもそうは見えないのだが）笑って話しかけてきた。

「会えてよかった。住宅街で聞いてきたんだけど、この公園がこんなに広いとは思わなくて、ずいぶん探した。お父さんの名前はカーシー・ヴォーンで、クラウド・ピークに勤めてる。——合ってる？」

「合ってるけど、きみ、誰。どこかで会った？」

「いいや、初対面。おれもヴィッキーって言うのさ。ヴィッキー・ヴァレンタイン。よろしく」

ヴィッキーは『女の子みたいにきれいな少年』に偏見《へんけん》があったので（アルジャーノンがそうなのだ）この相手に対してもあまり好意的になれなかったが、緑の瞳は大胆に輝いてヴィッキーを見つめてくる。

思わずたじろいだ。別の意味で胸が騒いだ。

彼も男の子だから、初対面の男の子を見たらまず一緒に遊べる相手かどうかを判断する。一人で本を読むのが好きだという子にはあまり興味は持てない。

55

次に自分と相手の力の差を量る。自分より上なのか、下なのか、自分が主導権を取れるのか、取らせてはくれないのか、そのくらい瞬時に判断できなくては男の子はやっていられない。

この子は『手強そう』だった。少なくとも簡単にあしらえる相手ではなさそうだと思った。

それより何より、その顔から眼が離せない。

アルジャーノンも生白《なまじろ》い子だが、それでも一目で男とわかるのに、この子はまだ信じられない。

「――ほんとに男？」

怒るかなと思いながらヴィッキーは訊いてみたが、黒髪のヴィッキーは怒るどころか楽しげに笑った。

「初めて会う人には必ず言われる。自分ではそんなふうには思ってないいんだけどな。おれは口も悪いし、態度もがさつだからさ。自分で鏡を見ても、どこがそんなに女の子に見えるのかわからないんだ」

いや、そこはもっと冷静に客観的に判断するべきだろう――とヴィッキーは心の中で指摘した。

話してみれば、この子が少しも女々しくないのはすぐわかる。けれど、顔も姿も天使のように美しい。

男の子でも女の子でもない不思議な生き物を見ているような気がした。知らず知らず見惚《みほ》れていると、その子は辺りを見渡し、ヴィッキーに視線を移して尋ねてきた。

「一人？」

「ああ、今日はね」

「ここ、そろそろ閉園時間だろう？」

「うん……」

口ごもったことに相手は敏感に気づいたようで、鋭く突っ込んできた。

「家には帰りたくない？」

「まあね」

「何で？　親に怒られたとか」

「怒ってるのはこっちのほうだよ」

むすっとした口調で答えて、逆に質問してみた。

「ヴィッキーはクリフォードの生徒？」

「違うよ。おれはアイクライン校、中等部の一年。

――クリフォードってヴィッキーの学校？」

「そうだよ。そこの一年」

お互いにヴィッキーなので変な感じだが、二人で話す分には問題ない。それに、違う学校の子なら、今の自分の不満を話せそうだった。父の仕事のこと、課外授業のこと、一方的に約束を破られたこと。

くさくさした気分を吐き出すように一通り語って、ヴィッキーは話を締めくくった。

「勝手だよな、大人って。仕事だって言えば済むと思ってるんだからさ」

すると、黒髪のヴィッキーは満足そうに笑った。

「おれは運がいいな。ちょうどいい時に来たらしい。実はヴィッキーに頼みがあるんだ」

初対面の相手に頼みとはおかしなことを言う。

不思議そうに見つめ返すと、黒髪のヴィッキーは真面目な顔でとんでもないことを言ってきた。

「ちょっとの間、家出してくれないか？」

ヴィッキーはぽかんとなった。

「何の話？」

「悪い。いきなりこんなことを言われたら驚くよな。全部話す。ゆっくり話すから聞いてくれないか」

十七歳の女の子が突然いなくなったこと、携帯に連絡はあったものの未だに消息不明なこと、最初は誘拐《ゆうかい》事件として身代金の要求があったこと、要求はヴィッキーの父の開発した新型跳躍装置だったこと、それを入手する手段として犯人の男はヴィッキーの誘拐を示唆《しさ》してきたこと。

ヴィッキーは一言も口を挟まず耳を傾けていたが呆気《あっけ》にとられて何も言えなかったというのが正しい。

無理もなかった。十三歳の少年の許容量を遥かに超える話である。

それなのに黒髪のヴィッキーは平然と言うのだ。

「エセルは家出したのか、本当に誘拐されたのか、おれたちはそれを確かめたい。だからヴィッキーにしばらく家を出て姿を隠して欲しいんだ。居場所は用意してあるから。後はヴィッキーの身代金として、お父さんに新型跳躍装置の図面を要求する」

「だめだ」

反射的に言ったヴィッキーだった。

父に腹を立てていても、ヴィッキーは父が仕事にどれだけ打ち込んでいるかを知っている。

「そんなものを要求したら父さんが困る」

「そこなんだ。犯人はそれをしたいんじゃないかと思うんだ。エセルを誘拐した犯人は、ヴィッキーのお父さんに恨《うら》みを持っている人間かもしれない」

だからヴィッキーを誘拐するように指示したり、新型跳躍装置を要求したのかもしれないと言われて、ヴィッキーは仰天した。反射的に言い返した。

「父さんは人に恨まれるようなことはしない!」

「おれもそう思うよ」

ヴィッキーの気勢をやんわりといなして、相手は話を続けた。

「でもな、ヴィッキーのお父さんは会社で責任ある立場にいるんだろう。だとしたら、お父さんは何も悪くないのに一方的に恨まれることもあると思う。誰かがお父さんの実績や能力を妬《ねた》んで、お父さんを陥《おとしい》れようとしているのかもしれない」

「だったら、父さんに訊けばいい」

思わず言ったヴィッキーだった。

「父さんを恨んでいる人に心当たりはないかって、訊けばいいんだ。そのほうが早いだろ」

しかし、黒髪のヴィッキーは哀れむように笑って首を振った。

「こんな話、大人が信じると思うか?」

それを言われると、ヴィッキーも考え込まざるを得ない。自分だって半信半疑なのだ。

ヴィッキーに理解できたのはただ一つ。この子は悪い子には見えないということだ。

嘘《うそ》を言っているようにも見えなかった。

「本当にヴィッキーを誘拐するなら悪いことだけど、これは人助けだから。協力して欲しいんだ」

不思議な力を持つ緑の瞳がまっすぐヴィッキーを見つめてくる。

「エセルのためだけじゃない。誰かがヴィッキーのお父さんを罠に掛けようとしているとしたら、その悪巧みを暴くためにも必要なことなんだ。ご両親は心配するだろうけど、ちょっとの間のことだから。お父さんのためにも家出してくれないか」

男の子だとわかっていてもこんなにきれいな顔で真剣に言われると、つい頷いてしまいたくなる。

ヴィッキーの心は揺れていた。おもしろそうだと思ったのも、協力して悪者を捕まえるという考えに興奮《こうふん》したのも確かだが、悲しいかな、ヴィッキーはもう何もわからない小さな子どもではなかった。

悪ふざけにしても、大人に仕掛ける悪戯《いたずら》にしても、これは『やってはいけない』種類だとわかっている。

でも、少し父に意趣返ししてやりたい気もする。

今晩、家に帰らずに済むのもありがたい。

何より、この子に興味があった。


ちょっとした冒険に踏み出したいと思う気持ちはどんどん強くなり、ヴィッキーの心は大いに揺れていた。それでも踏ん切りがつかずに迷っていると、もう一つの声が割り込んだ。

「こんにちは」

何気なく視線を向けて、二度心臓が跳ね上がった。

これまたすばらしい美少女がそこに立っていた。

「あなたがヴィッキー・ヴォーン？　本当にとてもきれいな金髪ですね」

にっこりと微笑《ほほえ》みかけられて、ヴィッキーの顔が微妙に引きつる。

子どもの頃はそれでしょっちゅうからかわれた。

ヴィッキーという名前のせいもあって、女の子と間違えられることもしばしばで、あまりいい印象はないのだが、この子の前で不機嫌な顔はできない。

黒髪のヴィッキーが言う。

「この子はシェラ・ファロット。エセルの救出と、おれたちの家出を手伝ってくれてるんだ。シェラは料理の達人なんだよ。——おれも今日は久しぶりにシェラの手料理を食べられるのが楽しみでさ」

「ええ。期待していてください。——あなたは何が好きですか？」

「えっ？　えっと……」

突然の問いにヴィッキーはどぎまぎした。

初対面の女の子と初めて交わす会話が『晩ご飯をつくってあげるから好きな献立《こんだて》を教えて』だなんて、これまたヴィッキーの許容範囲を遥かに超える緊急事態だったからである。

「好き嫌いはないから、何でも食べるよ」

「それはいいことですね」

少女はきれいな菫色《すみれいろ》の瞳で、そっとヴィッキーの顔を覗《のぞ》き込んできた。

「エセルの失踪《しっそう》が誘拐だとしたら、犯人がどうしてこんなことを言い出したのか、鍵を握っているのはあなたとお父さまなんです。お父さまにはご迷惑を掛けてしまいますが、決して悪いようにはしません。あなたのことも、エセルが見つかり次第、お家まで送り届けると約束します。ですから、お願いします。わたしたちと一緒に来てくれませんか？」

揺れていたヴィッキーの心の天秤《てんびん》は一気に片方に傾いた。

決して可愛い女の子に釣られたわけではない。

それではあまりに情けない。

彼の心を動かした一番の理由はやはり、この話を持ちかけてきたのが同年代の少年少女だったという点にある。同じことを大人が言ったらヴィッキーは決して信じようとしなかっただろう。それどころか『変な人がいる！』と大声で叫んで警官に知らせただろうが、この子たちと一緒にいるとわくわくする。

両親は心配するかもしれないが、それもこの際、小気味よかった。

自分は本当に誘拐されるわけではないのだから、ちょっと心配させてやればいいと開き直った。

「わかった。家出する」

力を込めて頷くと、黒髪のヴィッキーとシェラが顔を見合わせてにっこり微笑んだ。

花のような笑顔だった。そんな二人の様子を見たヴィッキーは身体が浮き上がるような感じがした。

一般的には『天にも昇る心地』と称されるものだが、今のヴィッキーにはそこまでは理解できない。

ただ、この子たちといると身体がふわふわして、気持ちがいい——と認識されている。

シェラはともかく、男のヴィッキーにまでこんなふうに感じるなんて自分はおかしいんじゃないかとちょっと不安になったが、どきどきするのは確かだ。

そしてそれは決していやな感覚ではなかった。

そのヴィッキーが尋ねてくる。

「ここって、出入りする時、人数を数えてるのか？　監視装置は？」

「ないない。数えるなんて無理だよ。出入口だけで五カ所もあるんだから。閉園時間になると管理人が見回って、誰か残ってないか調べてるけど」

「おれたちが一緒にいるところを誰かに見られたらまずいんだ。なるべく人に見られない出口は？」

「出口よりいいところがあるよ。森林区域に裏口があるんだ。鍵が壊れてて自由に出入りできる」

ヴィッキーは自転車に乗ろうとしたが、シェラがそれを止めた。

「自転車はここに置いていきましょう」

黒髪のヴィッキーも言う。

「そうだな。大人には、ヴィッキーが誘拐されたと思ってもらわないといけないんだから」

「すごい。本格的だな」

ヴィッキーは眼を輝かせて、足取りも軽く二人を案内した。


メイヒュー市警察のチャールズ・スタイン刑事はパトリシア・ヴォーンの古い友人だった。

彼女の家族のことも、息子のヴィッキーのことも小さい頃からよく知っている。そのパトリシアから、夕食の時間になっても息子が戻らないと聞いた彼は、まず落ち着くようにパトリシアに言い諭《さと》した。

　ヴィッキーと仲のいい友達の家に連絡することを勧めた上で、自分も心当たりを探すと請け合った。

　一般には伏せられているが、昨日、ショルティで中学生の少年が誘拐されたばかりなのだ。

　まさかとは思うが、不安の種は取り除いておくに越したことはない。

　ヴィッキーは一人で自転車に乗って出たと聞いて、スタイン刑事は自動二輪車で国営公園に向かった。

　休日にはヴィッキーがよくそこに遊びに行くのは知っていたし、車では動きにくい場所だからだ。

　とっくに閉園時間を回ってたので、管理事務所に許可を取って園内に入った。外灯もほとんどついていない公園は真《ま》っ暗闇《くらやみ》で、もちろん人気もない。

　ゆっくりと走らせる単車の灯りだけが、行く手を照らしている。

　広い公園である。柵《さく》はちゃんと設けられているが、前にも子どもが入り込んで保護されたことがある。

　スタイン刑事が最初に考えたのは、ヴィッキーは怪我《けが》をして動けないのではないかということだった。

　友達と一緒ならそんなことにはならないだろうが、一人でいればあり得ない話ではない。

　ただ、それならそれで閉園時に巡回する管理人が気づかないはずはないと思うのだが、管理人の眼の届かない場所で身動きできなくなっていたとしたら、中学生の彼は携帯端末も持っていないはずだから、助けを呼ぶこともできないだろう。

　子どもが自転車で移動できる範囲を走っていると、バスケットコートの片隅で何かがきらっと光るのがスタイン刑事の眼に入った。

　不審に思って単車を止める。灯りを手に近づくと、それは自転車だった。

　普通に乗り捨てられたものではない。茂みの奥にまるで隠すように押し込んであったのだ。

　そのハンドル部分が単車の灯りを反射し、運良くスタイン刑事の眼に止まったのである。

車体の登録証を照会すると、それはヴィッキー・ヴォーンの自転車に間違いなかった。

それなのに、本人がいない。

スタイン刑事は大声を出して近くを探してみたが、ヴィッキーの姿はどこにも見あたらない。

スタイン刑事は緊張した表情で署に連絡を入れた。


メイヒュー市警察は騒然となった。

同じショルティ住宅街で二日続けて子どもが行方不明になったのだ。片や旅行者の少年、片や地元の中学生だが、関連性がないとは考えにくい。むしろ、関係がある可能性が非常に高い。

公園の管理人は（複数いるが）閉園時の巡回では問題の自転車には気づかなかったと話した。

閉園時には辺りはまだ明るい。茂みの陰になって気づかなかったというのが妥当《だとう》な線だ。

彼らはさらに、ヴィッキーが公園を出るところも見ておらず、不審人物も見かけなかったと証言した。

メイヒュー市警察は万全の態勢を敷いた。

この段階では異例の対応だったが、専門の職員がヴォーン家に赴《おもむ》いて犯人からの連絡に備え、同時に、キエナ署にいるコール警部にもこのことはさっそく伝えられたのである。

メイヒュー市警察の担当者は『そちらの事件とは関係ないかもしれませんが』と前置きしながらも、もし連続誘拐事件なら連邦警察の力を借りたいと、慎重に告げてきた。

コール警部は何か進展があったらいつでも伺うと約束して通信を切った。しばし考え、取調室にいるルウのところに出向いて単刀直入に話しかけた。

「メイヒューでまた子どもがいなくなったそうです。エドワードくんと同じ十三歳の少年です」

ルウは黙ってコール警部を見返した。

執拗《しつよう》な取り調べを受けながら、この青年は疲れた様子も苛立った様子も見せない。至って静かな眼で警部を見つめて応えてきた。

「それは少なくともぼくの犯行じゃないですね」

「はい。この件に関しては我々が証人です」

「ただの迷子ですか、それとも事件ですか」

「まだわかりません」

「その子の名前と住所は？」

「ショルティ在住、クリフォード中学校の一年生でヴィッキー・ヴォーンくんだそうです」

ルウは何度か瞬《まばた》きした。

「その子の写真、手に入りますか」

「頼んでみましょう」

メイヒュー市警察に少年の写真を頼むと、すぐに送ってくれた。それを見せてやると、ルウはじっと写真を見つめて呟《つぶや》いたのである。

「……似てないな」

「どういう意味です？」

「似てないけど、たぶん誘拐ですよ、これ。昨日の犯人と同じ人じゃないかな」

「ですから、どういう意味ですか」

コール警部はあくまで穏やかに問い質《ただ》した。

その時、血相を変えた刑事が飛び込んできた。

たった今、ヴォーン家に犯人から要求があったという知らせだった。

「失礼。話はまた後でしましょう」

コール警部は短く言って取調室を後にした。


カーシー・ヴォーンは三十八歳になる。

年齢の割にはずんぐりした小太りの身体つきだが、眼は力強く、口元は優しく、人の良さと知性がよく表れた顔立ちだった。大きな手は無骨に見えるが、実は非常に繊細《せんさい》で器用に動く。

その大きな手で彼は頭を抱え込んでいた。

パトリシア・ヴォーンは夫に負けず劣らず恰幅《かっぷく》のいい女性だった。目鼻立ちはくっきりと整っていて、見た目とは裏腹に身体を動かすのが好きな働き者で、明るい朗らかな性格でもあった。向日葵《ひまわり》のようだとよく言われるが、今は見る影もなく萎《しお》れている。

ヴォーン家にはヴィッキーの下に十一歳と十歳の男の子と、昨年生まれたばかりの女の子がいる。

どんなに働き者の母親でも、これでは気の休まる暇もない。毎日が戦争で、眼の回るような忙しさだ。

幸い、長男が弟たちの面倒をよく見てくれる。

ヴィッキーは子どもたちの中で一番元気がよくて腕白でもあるが、下の子どもたちは兄によく懐いて、ヴィッキーも二人をかわいがっている。いつもなら夕食時には長男が下の子の相手をしてくれる。

それがどれだけパトリシアの助けになっているか知れなかった。

今日は違った。お兄ちゃんはどうしていないのと、しきりと問いかける二人の息子を何とかなだめて、ぐずる娘にも食事をさせて、風呂に入れ、やっとのことで寝かしつけたところだった。

警察は全力で息子の捜索に当たってくれている。

それだけを心の支えにして、夫妻が不安な沈黙に押しつぶされそうになるのを必死に耐えていると、電話が鳴った。室内の空気が一気に張りつめた。

同席していた刑事たちが合図を送り、カーシーは震える手で送受器を取った。

「はい、ヴォーンです」

「カーシー・ヴォーンさん？」

「そうですが……」

「あなたの息子さんを預かっている」

眼の前が真っ暗になった。

こうなることは考えに入れていたつもりだったがとんでもなかった。実際はまったく覚悟などできていなかった。こんな連絡は絶対に来るはずがないと無意識に思いこんでいたことを痛感させられた。

カーシーは懸命《けんめい》に自制心を取り戻そうと努力した。

今ここで自分が取り乱したら誰が息子を救うのか、その一念で、上擦《うわず》った声を吐き出した。

「……息子の声を聞かせてくれ」

少しの間があって、紛《まぎ》れもない息子の声が小さく言ってくる。

「……父さん、ごめん」

「ヴィッキー！　だ、大丈夫か、無事か？」

情けないほど声が震えていた。

嗚咽《おえつ》が聞こえたが、それは自分のものではない。

見ればパトリシアが泣き出す寸前だった。彼女は口元に手を当てて必死に声を堪《こら》えている。

「ご心配なく。息子さんは大切にお預かりしている。危害を加えるつもりはない。こちらの要求を吞《の》んでくれれば無事にお返しする」

「言ってくれ。金なら払う！　いくら欲しいんだ」

「金はいらない。代わりにあなたの会社で開発した新型跳躍装置の設計図面を渡してほしい」

カーシーは絶句した。

本当に言葉が出てこなかったのだ。

「………なんだって？」

「念のために断っておくが、適当な品物でこちらをごまかそうなどとはしないことだ。受け渡し方法は追って指示する」

「待ってくれ！」

叫んだ時には既に通信は切られていた。

刑事たちは発信元の特定に色めき立っていたが、同時に予想外の要求に戸惑いを隠せないでいる。

パトリシアも必死の眼差しを夫に向けている。

誰より愕然《がくぜん》としているのはカーシー本人だった。

責任者のシュミット警部が、気遣わしげな表情でカーシーに話しかける。

「ヴォーンさん。犯人が要求した新型跳躍装置とはどのようなものです？」

「名称はＳＴ40。ショウ駆動機関《ドライヴ》に組み込むことで従来の跳躍距離を飛躍的に伸ばせる装置です。まだどこにも発表していないのに、なぜあれを――」

「なるほど。犯人は密かにその装置の存在を知り、その値打ちに目をつけたわけですね」

「しかし、あれは既に特許を出願しているはずです。こんな方法で図面を入手したところで……」

「利益にはなりませんか？」

「そう……だと思うのですが」

自信のない言い方だった。彼はあくまで技術者で、金儲《もう》けのことはあまり詳しくない。

どこでどう利権が絡み、ST40が具体的にどんな利益を生むのか、そうしたことには疎《うと》いのだ。

シュミット警部はしばし考えたが、それによって誰が利益を得るのか、割り出すのは時間の無駄だと判断した。数が多すぎると思ったのだ。それよりも重要な問題は言うまでもなく、ヴィッキーを無事に救出することである。

「ヴォーンさん。犯人が要求したその図面ですが、あなたの権限で用意できますか？」

カーシーは眼を伏せた。躊躇《ためら》った後、呻《うめ》くように言った。

「……無理です」

「カーシー！」

パトリシアが非難の叫びを上げる。

シュミット警部は手を挙げて彼女の激情を抑え、カーシーに向き直った。

「息子さんの命が掛かっています。一時的に犯人に渡すことを考えてみてはどうでしょう。息子さんを無事に救出した後で取り戻せばいい」

激しい狼狽《ろうばい》と混乱の最中にあったが、カーシーは決然と顔を上げて、声に力を籠《こ》めた。

「シュミット警部。これだけはお断りしておきます。わたしは今日まで会社に忠実に尽くしてきましたが、仕事と家族を天秤に掛けるつもりは毛頭ありません。持ち出せるものなら喜んでそうしましょう。しかし、あれは当社の企業秘密です。わたし個人の権限では複写も転送も不可能なんです」

「それでは我々から会社に事情を説明しましょう。特例として許可を取れませんか」

今度こそ絶望的な顔でカーシーは首を振った。

「それこそ無理です。当社の社運を賭《か》けたものです。社長も役員会もそんなことは絶対に承知しません」

パトリシアが泣きじゃくった。

あの子はどうなるの——と震える声で訴えている。

シュミット警部は痩せた鋭い目つきの男だった。

その眼をさらに険《けわ》しくして、彼は考え込んだ。

誘拐事件において、犯人が要求する金額を家族が用意できないということは珍しくない。その場合は交渉によって減額に持っていくのが常套《じょうとう》手段だが、厄介《やっかい》なことに犯人が要求しているものは金ではない。

恐らく、他のものでは納得しないだろう。

「ヴォーンさん。本物の図面を持ち出せないなら、代わりにそれらしい図面を用意できませんか」

カーシーが驚いたように警部を見る。

「しかし、犯人が言ったじゃありませんか。そんなごまかしはするなと……」

「そうです。犯人はあなたなら図面を用意できると思っているんです。もしできないと言えば、犯人はあなたが自分の業績と企業秘密の図面を惜しんで、息子さんを見捨てたと受け取るでしょう」

「冗談じゃない！　誰がそんな！　わたしは息子を助けたい。そのためなら全財産を擲《なげう》ってもいい！ですが、持ち出したくてもあれは無理なんです！」

「相手が欲しがっているものを、頭から『ない』と突っぱねたのでは交渉になりません。実はなくても『ある』と言わなければなりません。それで初めて我々は犯人との交渉の席に着くことができるんです。幸い、あなたはその装置の開発に携わった責任者だ。ですからご相談しているんです。素人目《しろうとめ》には容易に見破れない模造品をつくることはできませんか」

虚《きょ》を突かれて、カーシーは必死に考えた。

「……専用の端末があれば形をなぞることくらいはできますが、一晩ではとても無理です」

「どのくらい掛かりますか」

「どんなに急いでも……三日は」

「結構。そのほうがこちらにとっても都合がいい。いいですか、次に犯人から連絡があったら、図面を用意するのに三日は掛かると言ってください」

カーシーは不安そうな顔で訴えた。

「しかし、どんなに似せたところで偽物は危険です。こんな要求をしてくるからには犯人には専門知識があるはずです。偽物だと気づかれたら、そうしたら息子は……」

「では、本物を用意できるんですか？」

残酷な問いにカーシーは頭を抱え、シュミットはほんの少し同情の顔つきで言った。

「ヴォーンさん。我々は犯人逮捕よりも息子さんの救出を第一に考えています。ですが、そのためには一時的に犯人の望みを叶えてやる必要があるんです。もっとも安全で確実なのは本物の図面を渡してやることですが、それができないのであれば、何らかの方法で犯人を満足させてやらなくてはなりません」

パトリシアがはらはらしながら夫を見守っている。その眼が『お願い』と訴えている。

カーシーは自分の研究室、製造工場の警備態勢を懸命に思い出していた。

自分一人ではどうしても無理だ。研究室の認証を持つ人間がもう一人必要になる。しかも警備装置は二十四時間の監視態勢を布《し》いている、その眼の前で気づかれないように持ち出すことは果たして可能か。警備用の自動機械もいるから、迂闊《うかつ》な真似をすれば研究主任でもその場で身柄《みがら》を拘束《こうそく》されてしまう。

カーシーがこんな物騒なことを脂汗《あぶらあせ》が浮くほど考えていると、新たな来訪者があった。

「初めまして。連邦警察のコールと申します」

キエナから駆けつけたコール警部は折り目正しく挨拶《あいさつ》し、現場の責任者が短く答えた。

「シュミットです。ご協力を感謝します」

シュミット警部はカーシーとパトリシアを紹介し、コール警部も二人に挨拶すると、本題に入った。

「発信元は突き止められましたか？」

現場の刑事が無念そうに首を振る。

「昨日と同じです。妨害されてます」

「では、犯人の声を聞かせてもらえますか」

コール警部は先程のカーシーと犯人のやりとりを聞いて首を傾《かし》げた。

「いささか、奇妙ですね」

「何がです?」

「ヴィッキーくんの言葉がです。どうも解《げ》せません。誘拐されたお子さんがお父さんに助けを求めるのに、果たして『ごめん』と言うでしょうか」

「息子さんも普通の状態ではないのでしょう。つい口から出たのでは?」

シュミットはあまりその点には興味がないようで、再びカーシーと深刻な相談に戻った。

彼らの議論は非常手段を取って本物を用意するか、偽物で押し通すかに集中していたが、コール警部は違った。議論に加わろうとはせずに録音を聞き直し、何やら考え込んでいたが、担当者に許可をもらって、それを自分の携帯端末にあらためて録音した。

静かに居間を離れて、人気のない台所まで行くと、同じ携帯端末でキエナ署を呼び出した。


「すみませんが、ラヴィーくんをお願いします」

ルウはまだキエナ署に足止めされていた。

昨日の誘拐犯と今日の誘拐犯が同一人物だという証明がなされていないからである。つまり、昨日の事件に関してはルウは未だ容疑者なのだ。

容疑者を通信に出せという警部の要請に、署員は妙な顔をしたが、取調室につないでくれた。

「お話が途中でしたね。きみは、ヴィッキーくんは誘拐されたのだと、昨日の犯人と同じ人間だろうと言いましたが、それはなぜですか?」

端的な質問に、ルウも端的に問い返した。

「犯人の要求は何でした?」

「ヴォーン氏はクラウド・ピークに勤務しています。新型宇宙船の開発に携わる責任者で、先日、新型の跳躍装置を完成させたそうです。正式名称はST40。従来の跳躍距離を飛躍的に伸ばせる画期的な装置で、現段階では未発表の企業秘密です。犯人はその設計図面を渡せと言ってきました」

「それって、お金になりますか」

「ヴォーン氏のお話では特許出願中だそうですから普通の手段では利益を得るのは難しいでしょう」

「つまり、その装置を積んだ宇宙船を売り出しても、たちまち特許侵害で訴えられて逆に莫大《ばくだい》な賠償金を支払う羽目になるからですね」

「その通りです」

取調中の容疑者に捜査の情報をあっさりしゃべる警察官も珍しいが、相手をする容疑者も容疑者だ。

一見女性のような優しげな風貌《ふうぼう》でも、この青年は一筋縄ではいかない。長年の経験からコール警部はそう判断していた。ずばりと切り込んだ。

「ラヴィーくん。エドワードくんを助けるためにもそろそろ本当のことを話してくれませんか」

「ぼくは一つも警部さんに嘘なんかついていません。訊かれたことには正直に答えてます」

警部は微笑した。その通りだったからだ。

訊かれれば答えるということは、言い換えれば、訊かれなければ何も言わないということである。

「では、お尋ねします。昨日の事件と今日の事件は同一人物による犯行だという、きみの考えの根拠は何ですか」

「エディは普段、学校の友達からはヴィッキーって呼ばれてます」

「…………」

「だから犯人はたぶん間違えたんですよ。あの子とヴィッキー・ヴォーンくんを」

コール警部の自制心はさすがという他なかった。ほんの一瞬、茫然《ぼうぜん》としただけで、すぐに我に返り、質問に戻った。

「……それで『似ていない』ですか？」

「ええ。だってこの二人を間違えるなんて普通ならあり得ません。でも、写真で見る限り、ヴィッキーくんもとてもきれいな金髪をしています。ですから恐らく犯人はそれしか知らなかったんじゃないかな。ヴィッキーっていう名前と、金髪だっていうことと。

顔は知らなかった。それで間違えたんですよ」

そんな間抜けな誘拐犯人がどこにいるか！　とは、コール警部は言わなかった――言えなかったのだ。

あまりのことに顔色を失って考え込んでいる。

「そう考えればアーサーのところに二度目の連絡がないのも納得がいきます。犯人が欲しかった『例のもの』っていうのはその図面だったわけですから。そんなもの、アーサーは持ってません」

「ラヴィーくん。きみの推察が正しいとするなら、これは由々しき事態です。犯人は人違いで誘拐したエドワードくんをどうするかわかりません」

珍しくも険しい顔で言ったコール警部だったが、ルウは逆に小さく吹き出した。

「ぼくとしては、あの子が犯人をどうするつもりか、そっちのほうがとても気になりますけど」

この自信たっぷりな上、楽観的すぎる態度だけはさしものコール警部にもどうしても理解できない。

「きみは本当に状況を理解して言っているのですか。エドワードくんは未だに行方不明なんですよ」

「そうです。つまり犯人と一緒にいるってことです。だからヴィッキーくんのことも心配ないですよ」

「はい？」

「昨日と同じ犯人だとしたら自動的に彼はエディと一緒にいるはずですから。大丈夫です」

「どう大丈夫なのかいささか理解に苦しみますが」

前置きした上で、警部は別の質問をしてみた。

「きみはあくまで、エドワードくんは自分の意思で戻ってこないのだと言いたいのですか？　それではヴィッキーくんはどうなります」

「警部さんはどう思いました？」

「…………」

「ヴォーンさんは当然、息子の声を聞かせるように要求したはずですよね。その子の声はどうでした。怯《おび》えたり震えたり、泣いたりしてましたか」

「実際に聞いてみてください」

犯人とのやりとり、ヴィッキーの声を聞かせると、青年は楽しげに笑った。

「これは誘拐された子どもの出す声じゃないですよ。ちっとも恐がってない。強がっているわけでもない。むしろ感じるのは申し訳なさと罪悪感です」

「ぼくもその意見に賛成です。しかし、現に犯人は身代金を要求してきています」

この食い違いは何を意味するのか。

考え込む警部に、ルウも思案げに言ってきた。

「普通の誘拐ならエディはとっくに戻ってきてます。それがまだ戻ってこない。つまりヴィッキーくんの誘拐も見た目通りじゃないんだと思います」

「どういう意味でしょう？」

「その新型跳躍装置の図面ですけど、犯人は本当にそれが欲しいんでしょうか」

「…………」

「それ自体が欲しいんなら他にいくらでもやり方があったはずなのにね。社員を買収するとか、密偵《スパイ》を送り込むとか。誘拐するにしても、社長の子どもか孫にすればいいのに、社員の息子でしょ。最初から手に入る確率が低いのはわかりきってます」

「その意見にも賛成します」

「何か他に目的があるんですよ。エディならきっと知ってるんだろうけど。——ということで、ぼくはそろそろ帰ってもいいですか」

唐突《とうとつ》な言葉だったが、警部は微笑して頷いた。

「そうですね。長い間お引き留めしてしまいました。申しわけありません」

「いいえ。それが警部さんのお仕事でしょうから。——でも、あの子の邪魔はしないでくださいね」

「それはお約束できません」

真面目に言って、コール警部は通信を切った。

急いで居間に戻ってみると、そこではカーシーとシュミットが今後の方針について相談していた。

「ヴォーンさん。少しよろしいですか？」

カーシーの血走った眼が警部を見上げてきた。味わったことのない心痛のせいだろう。短い間にすっかり憔悴《しょうすい》している。椅子を勧められたコール警部はきちんと腰を下ろし、あらためて言った。

「犯人の要求した装置についてお訊きしたいのです。それは本当に値打ちのあるものなのでしょうか？」

「もちろんです。わたしたち研究開発班にとっては長年の仕事の集大成ですから」

「わかります。あなたや研究班の皆さんにとってはかけがえのないものなのでしょうね。では、他の人たちにはどうなのでしょう。それを売却して利益を得ることができますか？」

「その辺は、わたしにははっきりお答えできません。難しいと思うのですが……」

「権利はあなたの会社にあるからですね。となると、いささか妙な話ですね。犯人はこんな危険を冒して利益にならないものを要求したことになります」

「ええ。わたしにもそこがわからないんです。なぜあれを……」

首を捻《ひね》るカーシーに、コール警部はいつもと同じ穏やかな口調で言った。

「ヴォーンさん。その装置を開発する過程において、何か揉《も》め事《ごと》はありませんでしたか」

カーシーはぽかんとなった。

「……何ですって？」

「これはあくまで一つの可能性ですが、その装置の完成を喜ばなかった人、苦々しく思った人、悔《くや》しく思った人物をご存じではありませんか。たとえば、以前は研究班にいた優秀な人材でしたが、あなたと深刻な対立をして去って行った人。もしくは同様の性能を持つ装置の開発を進めていたが、先に完成を見たのはあなた方のほうだったという競争相手の人。もしそのような状況が実際に過去にあったとしたら、息子さんの誘拐はまったく別の様相を見せてきます。犯人はST40が欲しいのではなく、ただ、あなたとST40が憎かった。あなたを苦しめるためか、単に取り上げることが目的なのかまではわかりませんが、そのように考えることはできませんか」

シュミット警部が呆《あき》れたように割って入る。

「警部。いささか発想が飛躍しすぎていませんか。どんな根拠があるんです?」

「犯人がこの要求から二次的な利益を得ようとしているとは思えないからです。技術開発というものは切磋琢磨《せっさたくま》し、競争することが原動力となりますから。単なる考え過ぎかもしれませんが、ひょっとしたら、そのようなこともあるのではないかと思いまして」

カーシーは深く沈黙していた。憔悴していた眼が光を取り戻し、しかし激しい動揺に揺れている。

その表情はコール警部の『単なる考えすぎ』などではないことを如実《にょじつ》に物語っていた。

「コール警部」

「はい」

「我が社は近々キャスケード・エレクトロニクスとある事業を行うことを発表する予定です」

「はい」

「具体的には共同で新型宇宙船の製造に当たります。我が社が船体と推進機関、今回開発した跳躍装置を提供し、通信機や生命維持装置その他の精密機器はキャスケードが担当する予定になっています」

「はい」

「しかし、新型跳躍装置に関してはキャスケードも開発に積極的で、意欲を燃やしていました。彼らにとっても自分たちが関与する部分を増やすことには大いに意義があるからです。事実、キャスケードは自分たちの技術にかなりの自信を見せていました。ですが、それはわたしたちも同じことです。決して負けない自信がありました」

コール警部は事情を呑み込んで頷いた。

「どちらが担当するかについて、あなたの研究班とキャスケードの研究班が競ったのですね」

「そうです。公平な条件で互いの試作品を試験した結果、我々の装置のほうが優れた結果を出しました。数値にして一パーセントや二パーセントではない。実に二十五パーセント、我々の装置は彼らのそれを上回ったのです。どちらを採用するか考えるまでもありません。キャスケードの上層部も我々の装置を採用することで一致しました。少なくともわたしはそう聞かされていましたが……」

「それを快く思わない人が社内にいたかもしれない。あなたはその人物に心当たりがあるのですね」

「いえ、しかし、まさか……そんな」

混乱して首を振るカーシーを、シュミット警部が苛立たしげに問いつめた。

「確認を取るのは我々がやります。言ってください。心当たりの人物とは誰のことです」

カーシーはすぐには答えなかった。躊躇いがちに、捜査の専門家に相談するかのように続けた。

「昨日、その人から連絡があったんです」

ざわりと場がどよめいた。コール警部は冷静さを保っていたが、シュミット警部は身を乗り出した。

「何を言ってきたんです？」

「当たり障りのない世間話でしたが、彼も忙しい人間です。個人的に連絡を取り合ったことなど一度もないのに、どうしたのだろうと思いました。最後に、最後に彼は確かにこう言ったんです。——ご家族にお変わりはありませんかと……」

シュミット警部は完全に、獲物を前にした猟犬の顔になっていた。もはや疑う余地はない。

「それは誰です？」

「キャスケードの技術開発部門の最高責任者です。メイソン社長の腹心でもあります。名前は……」

確証もないのに他社の人間にこんな疑いを掛けて、名指しにしていいのかとカーシーは躊躇っていたが、息子の命が掛かっている。

「アーネスト・マロニーです」

8

誘拐《ゆうかい》犯人の家に連れて行かれたヴィッキーはその家のあまりの汚れ具合に絶句していた。

次に眼を剝《む》いて酷評を下した。

「人間の住む家じゃないよ、これ」

リィがおもむろに頷《うなず》く。

「まったく同感だ。客間だけは何とか片づけたけど、それだって大仕事だったんだからな」

シェラも嘆《なげ》かわしげにため息を吐《つ》いている。

「居間と台所はわたしが何とかしますけど、夕食の支度《したく》もあるので、風呂場までは手が回らないんです。水垢《みずあか》と黴《かび》がほとんどですから、専用の溶剤で落ちるはずなんですけど」

「使い方を教えてくれればおれたちで掃除するよ。ヴィッキーも手伝って。もちろんミックは率先して働くんだぞ」

髪を短く切り、髭《ひげ》を剃《そ》って、シェラの見立てた『一般的な』服を着たミックはかなり見栄えが良くなっていたが、子どもたちの言い分にはどうしても納得できないらしく、口を尖《とが》らせて不満を訴えた。

「そんなに汚れてないよ。年に二回は掃除の業者に頼んでるんだから」

巻き毛の美少女が、びりっと剣吞《けんのん》な気配を放った。

地の底から響くような声で断言する。

「自分では何もできない役立たずなら、週に一度は頼みなさい」

ミックは反射的に小さくなった。

すがりつくような眼をリィに向けたが、もちろん味方をしてもらえると思うのは甘すぎる。

「ミックが悪い。逆らうなって言っただろう」

「逆らってないってば」

ヴィッキーは珍しそうにこのやりとりを見ていた。

あの後、車に連れて行かれ、ミックを紹介されて、この男が誘拐の主犯なんだと言われた時はさすがに身構えたが、そんな緊張はすぐに解けた。

ここまでドライヴする間に少し話しただけでも、主導権は黒髪のヴィッキーが（シェラはなぜか彼のことをリィと呼んでいるが）握っているのはすぐにわかった。そもそもこのおじさんは大人のくせに、中身は子どもみたいで、下手《へた》をすると自分のほうが年上に感じるくらいなのである。

平たく言えばヴィッキーはミックのことを完全に『なめて』いたのだ。

そんなわけで、ヴィッキーは普段使いの化粧室の惨状に顔をしかめながら遠慮なく言い放った。

「シェラに賛成。これがあんまり汚れてないように見えるんなら眼がどうかしてるよ」

何しろ壁も床も地の色が見えなくなっている。

「うちの母さんが見たら大変だよ、こんなの。全部掃除するまで食事抜きだ」

「いいですね、それ」

シェラが笑って言った。

「わたしは居間と台所を片づけた後、夕食の支度に取りかかりますので、ここは皆さんでお願いします。しっかり働かないと夕食はお預けですからね」

かくて男子三人は大掃除に取りかかった。

ヴィッキーは元来快活な性分のようで、ミックの生活無能者ぶりに呆《あき》れて、盛大に文句を言っている。

「いったい何をやったらここまで汚せるのさ」

「別に何もしてないよ。普通に使ってる」

人外生物の普通ほどあてにならないものはないとリィは苦々しく思い、ヴィッキーも嘆いた。

「まさか、家出してすぐ他の家の掃除をすることになるなんて思わなかった」

そう言いながら身体を動かすことを厭《いと》わないし、なかなか手際がいいので、リィは微笑した。

「家ではよく手伝ってるのか」

「手伝わないと、お小遣いがもらえないからね」

真剣な顔でヴィッキーは言った。

「うち、弟が二人と赤ん坊がいるからさ。母さんはその妹に掛かりっきりなんだ。だから自分のことは自分でやるんだ。他に掃除とか買い物とか手伝うとお小遣いがもらえる」

母親はそうやって男の子たちをうまく使っているらしい。

「弟たちって、いくつだ？」

「十一歳と十歳。この頃生意気でさ」

「その子たちも金髪？」

ヴィッキーはいやな顔になった。

「ぼくと妹だけだよ。やんなっちゃうよな」

リィの手が止まった。

何かを考える顔になったが、ヴィッキーの視線に気づいて、また手を動かしながら笑って言った。

「そうなんだよな。やたらと注目されていけない」

「えっ？」

「おれも本当は金髪なんだよ。人攫《ひとさら》いにはあんまり目立つからさ。黒く染めてみたんだ」

「へえ……」

その顔で金髪だったら女の子にしか見えない——と言いかけたのをヴィッキーは呑《の》み込んだ。

少年二人は時々言葉を交わしながらも手を動かし続けていたが、ミックだけは掃除と言われても何をやったらいいのかわからないらしい。

ヴィッキーがそんな彼を容赦《ようしゃ》なく指導している。

「おじさん。拭き掃除はブラシの後。汚れ落としは上から下にやるんだよ。こんなの常識だろう」

「あんまりやったことがないんだよ」

事実、ひどくたどたどしい手つきである。

「それに、おじさんはよしてくれ。ぼくはまだ二十代の若者なんだぞ」

ミックの抗議をヴィッキーはせせら笑った。

「自分で自分を若者なんて言うようじゃあ、立派なおじさんだね」

いい勝負の二人である。

それでも三人分の手があるとだいぶ違うもので、三時間ほどで壁と床は元の色を取り戻し、洗面台も風呂桶も便座も見違えるほどきれいになった。

その時には三人とも空腹の絶頂にあった。

もうじき夕食の時間だが、ミックはそれまで待ちきれなかったらしい。

「お腹が空きすぎて倒れそうだよ！」

騒ぎながら車庫へ行き、何か摑《つか》んで戻ってきた。

それを見て、ヴィッキーの眼が輝いた。

「ボルカン・バーだ！」

数種類のナッツ、ソフトキャラメル、クッキーを固めてチョコレートで包んである。いわゆるキャンディ・バーと呼ばれるスナック菓子だ。

「ぼくも！」

「好きかい、これ？」

「もちろん！　大好物だよ！」

「いいよ、あげる。たくさんあるから」

二人が嬉々《きき》として包装紙を破る寸前、リィの手がその菓子を取り上げていた。

かぶりつくはずだった菓子が突然消えて、二人は呆気《あっけ》にとられた。リィはずっしりと重いその感触に顔をしかめている。

「おまえたち、こんなに腹にたまるものを平らげた後でシェラの手料理にありつこうっていうのか」

さっきのシェラ以上に気配が恐い。ヴィッキーは強いものを見分ける本能を発揮《はっき》して小さくなったが、ミックはしぶとく食い下がった。

「いいじゃないか。ほんの一口だけ！」

「だめだ」

厳しく言ったリィだった。

「ビスケット一かけらくらいなら見逃してやるけど、こんなものを腹に入れたらどんな料理も台無しだ。空腹は最高の調味料なんだぞ。人がつくってくれた料理をご馳走《ちそう》になる時は、腹ぺこで食べるのが最低限の礼儀だろう」

ヴィッキーがますます首をすくめて、自分と同じ名前の少年を評した。

「……ヴィッキーって、父さんみたいだな」

ミックがそっと囁《ささや》き返す。

「言えてる。シェラがとっても恐いお母さんだよ」

「おまえが常識はずれにだらしないから、必然的にシェラが恐くなってるんだろうが。迷惑してるのはこっちのほうだ。とばっちりがおれにまで来る」

言い返して、リィはミックに訊《き》いた。

「それより、エセルのほうはどうなってる？」

「うん。一時間ごとに掛け直してるよ。自動でそう設定してあるからね。返事があればすぐにわかる」

これにはヴィッキーが驚いたように言ったものだ。

「携帯端末でそんなことができるんだ？」

リィも同感だった。

「初めて聞いた。便利なんだな」

ミックが不思議そうな顔になる。

「普通だろう。きみたち、携帯端末を使ったことがないのかい？」

「持てるわけないよ。中学生だぞ」

ヴィッキーの抗議にミックは眼を丸くした。

「変だなあ、ぼくは十二の時から使ってるのに」

「おじさん、どこで暮らしてたの？」

「ここだよ。ぼくは生まれも育ちもセントラルだ」

「ふうん。昔は中学生でも携帯端末を持てたのかもしれないけど、今は違うんだ。高校生にならなきゃ、自分専用の携帯端末なんか持てないんだよ」

「へえ……不便な世の中になったんだねえ」

そんなことを話していると、シェラがやってきた。

「そろそろお食事の用意ができますけど、そちらはどうですか？」

「ああ。何とかきれいになった。ヴィッキーがよく働いてくれてさ。すごく手際がいいんだよ」

リィが言うと、ヴィッキーは得意げな顔になった。

何であれ女の子の前で褒《ほ》められて悪い気はしない。

シェラは洗面所を見ると嬉《うれ》しそうな笑顔になって、ここまできれいにした彼らの手際を褒めたのである。

「それでは、ご飯にしましょうか」

行ってみると、短い間にそこはまるで別の部屋のようになっていた。居間も台所も掃除が行き届いて、食卓には真っ白なテーブルクロスが掛けられ、花が飾られ、料理のいい匂いが漂《ただよ》っている。

短い間にこれだけのことをしてのけるのだから、つくづく家事に関しては抜群の才能を発揮する人だ。

食事もすばらしかった。

腹と背中がくっつきそうな空腹感に耐えただけの値打ちは充分にあった。

ミックもヴィッキーも無我夢中で料理を平らげて、その腕前を絶賛したのである。

「美味《おい》しい！　ほんとに美味しい！」

「シェラは料理の神さまだね！」

ヴィッキーは野菜が苦手だが、こんなにサラダが美味しいと思ったのは初めてだ。

「うちで食べるのと何が違うんだろう？」

思わず首を傾《かし》げてしまう。

「少しずつ色々な野菜を混ぜると、味に変化が出て食べやすくなるんですよ。ドレッシングも工夫してありますけど——気に入りました？」

「うん！」

お世辞ではなく、いくらでも食べられそうだった。

サラダに限ったことではない。食卓にはずらりと料理が並べられ、どれも頬《ほお》が落ちるほど美味しい。

リィは他の誰よりたくさん食べていたが、そんなヴィッキーを見て笑って言ったものだ。

「だから言っただろう。空腹は最高の調味料なんだ。それを台無しにするところだったんだぞ」

「何のお話です？」

「この二人が食事前にこってり甘くてずっしり重い棒菓子なんかを食べようとしてたからさ」

「おや」

菫《すみれ》の瞳《ひとみ》に楽しげに見つめられて、中学生の少年と、昔少年だった大人が揃《そろ》って気まずそうな顔になる。

「では、お食事の後はそのお菓子にしますか？」

「えっ？」

「食後には甘いものがあったほうがいいと思って、ケーキも焼いてみたんです。二種類ほど。ですけど、そのお菓子のほうが好きなら……」

「食べるよ！　食べます！」

二人とも慌《あわ》てて無条件降伏を宣言した。

食後にシェラがお茶と一緒に出したのはお手製のカスタードパイとチョコレートケーキだった。

パイは濃厚なまでに甘く、チョコレートケーキはほろ苦く、甘い生クリームをたっぷり掛けて食べる。

甘いものが好きだというミックは幸せのあまり、とろけそうな顔をしていた。

もちろんヴィッキーも同様だった。

彼の母親は料理はよくするが、手作りのお菓子はドーナツくらいしかつくらない。

質より量の、育ち盛りの男の子にはこれで充分と思っているのだろうが、本当に美味しいものなら、男の子だってちゃんとわかるのである。

「女の子ってすごいなあ。こんなのつくれるんだ」

感心しきりなのはともかく、そんな危険なことを言うものだから、リィが見かねて注意した。

「くれぐれも他の女の子に同じことを期待するなよ。シェラが特別なだけなんだからな」

「昔からやっているだけですよ」

「やっぱり、お母さんに教わったの？」

「両親はいないんです。顔も知りません」

何気なく訊いたヴィッキーが息を呑んだ。慌てて何か言おうとしたが、その前にシェラはやんわりと微笑した。

「わたしにはそれが当たり前でしたから、寂《さび》しいと思ったことはないんです。今はリィのご両親が後見人を引き受けてくださっていますけど、お二人ともとてもいい方たちなんですよ」

「今はって……じゃあ、その前は？」

「いろいろです。わたしのいたところでは子どもも立派な労働力でしたから、たいていは立派なお宅で住み込みのお手伝いとして働いていました」

ヴィッキーには想像もできない暮らしなのだろう。

どうやら彼の頭の中ではシェラは完全に『薄幸の美少女』と位置づけられてしまったらしい。

食事の後かたづけを率先して手伝っていた。

お腹がいっぱいになったところで、ヴィッキーの家に脅迫《きょうはく》電話を掛けた。

その辺になるとミックは実に割り切ったもので、平然と連絡を入れて、堂々と身代金を要求したが、ヴィッキーはさすがに落ち込んでいた。

父の声は聞いたこともないくらい動揺していて、自分を心配しているのが伝わってきたからだ。

「戻ったら、怒られるだろうな……」

リィとシェラが慰《なぐさ》めた。

「誘拐された息子を怒る親はいないよ」

「そうですとも」

問題は、この状況を誘拐されたと言っても、誰も信じてくれないことにある。


掃除をさせられたのは予想外だったが、美味しいご飯をお腹いっぱい平らげ、お茶とケーキを食べて、今は居心地のいい部屋でくつろいでいるのだ。

「いざとなったら全部ミックのせいにすればいい。責任を取るのが大人の仕事だ」

ひどい言われようだが、ミックも頷いた。

「うん。それは仕方がないよね。ただし、エセルが見つかってからだよ」

「その子、本当にどうしちゃったんだろう」

ヴィッキーが不満そうに言う。

「家出なら、もっとはっきり家出ってわかるように出て行けばいいのに」

ちょっと空気が重くなりかける。

シェラはヴィッキーの気分を盛り上げようとして、食べ物の話を持ちかけた。

「明日は別のケーキを焼きましょう。何かお好きなものがあったら言ってくださいね」

ヴィッキーはたちまち相好を崩した。

「シェラのケーキなら何でも最高だよ。お店のでもこんなに美味しいのは食べたことがない」

「お気に入りの棒菓子よりも？」

悪戯《いたずら》っぽく笑いかけると、ヴィッキーは狼狽《ろうばい》して、しどろもどろに言ってきた。

「えーっと、そんなの比べられないよ。ボルカンはいつものおやつだから」

「そのお菓子はそんなに美味しいんですか？」

「ええっ⁉」

叫んだのはヴィッキーだけではない。

ミックも仰天《ぎょうてん》していた。二人は見事に声を揃え、眼をまん丸にして絶叫した。

「ボルカン・バーを食べたことがない⁉」

「ありません」

「おれもない」

シェラとリィが答えると、ヴィッキーとミックはさらに眼を剝いた。特にヴィッキーは卒倒しそうな顔つきで叫んだのである。

「嘘《うそ》だろう！　信じられない！　ボルカン・バーを食べたことのない人間がこの世にいるなんて！」

「そうだよ！　発売されて三十年になるんだよ！」

ミックがすかさず好物の擁護《ようご》に回る。

「美味しくて食べごたえがあるのはもちろんだけど、懸賞も楽しいんだ」

「そう！」

ヴィッキーが飛びついた。

「ブルーギボンズ対ナイツ戦の切符《チケット》が欲しくてさ、五十枚も応募したんだぜ！」

「ぼくが欲しかったのはフライングマンのTシャツ。色違いで四色もあったんだ」

「覚えてる！　ぼくも応募したよ。それにナイツのロゴ入りのジャンパーも！」

「あったあった！」

大いに盛り上がっている。

シェラとリィは完全に話題に取り残されてしまい、ぽかんとした顔でそんな二人を見つめていた。

「ずいぶんいろんなものが当たるんだな」

リィが言うと、ミックは得意そうに胸を張った。

「そうだよ。ウェブスターさんの旅行だって懸賞で当てたんだから」

「へえ、そりゃすごい」

口先だけでなくリィは感心したが、ヴィッキーが呆れたように言い返した。

「ボルカン・バーの懸賞に旅行なんかないよ」

「何を言ってるんだ。つい最近の賞品じゃないか。二名様十日間、豪華ホテルを巡るフラナガンの旅！ぼくは仕事があるし、ウェブスターさんはご主人と二人暮らしだからね。ちょうどいいと思って彼女に譲ったんだ」

ヴィッキーは疑わしげな顔になった。

「おじさん。何か他の懸賞と間違えてるだろ。それ、ボルカン・バーじゃないよ」

「いいや。ぼくはきみが生まれる前からボルカンを食べてるんだぞ。ボルカンに間違いない」

「あり得ないってば。つい最近？　そんなはずない。あれば気がついてるよ」

「あり得ないわけがない。現に応募したら、うちにちゃんと旅行券が送られてきたんだから」

「だから何か他の懸賞と間違えてるんだろう」

「それこそあり得ないね。きみはあの赤と紫と金の包装紙を他のものと見間違えるのか？」

「おじさんならやりかねない」

十三歳の少年にきっぱりと断言されて、ミックはますます向きになって言い返した。

「やらないよ！　そりゃあぼくはいろんなスナック菓子を食べるけど、ボルカンは特別なんだから！間違いなくあの包装紙を五枚貼って送ったんだ！」

「だから違うって言ってるのに！　旅行が当たった時点で絶対ボルカンじゃないよ！」

「いいや！　絶対ボルカンだ！」

突如始まった大人と子どもの言い争いに（それも相当次元の低い争いである）リィは珍しくも焦《あせ》り、

困った顔つきで仲裁に入った。

「二人ともちょっと落ち着けよ。ミックがそこまで言うなら、アライア市だけの懸賞だったってことはないのか？　地域限定とか、よくあるだろう」

しかし、ヴィッキーは頑として頷かない。

「他の惑星ならともかく、同じセントラルで、同じエポンで、賞品が違うなんてあり得ない」

「ヴィッキーは賞品を全部覚えてるのか？」

「当たり前だろ。こっちにとっては死活問題なんだ。A賞からD賞まで暗記してる。次に何が当たるのか、ボルカンの懸賞はみんな必ずチェックしてるよ」

「その中に旅行はなかった？」

「ない。だいたい豪華ホテルで十日間の旅なんて、ボルカンの懸賞にしては高すぎるよ。今までで一番豪華だったのがツウィン・スウェンズの限定公演の鑑賞券《チケット》なんだぜ」

補足すると、ツウィン・スウェンズは子どもから大人まで大人気の有名魔術師《マジシャン》で、なかなか鑑賞券が取れないことでも知られているらしい。

「嘘だと思うなら携帯端末でボルカンの公式案内を見てみろよ。締め切られた懸賞も全部載ってるから。一番最近のA賞はトップテックスの携帯端末だった。性能違いで三種類。間違いない」

調べるまでもなく、ヴィッキーの言い分のほうが筋が通っているように聞こえる。

しかし現にミックの元には旅行券が送られてきて、ウェブスター夫妻はフラナガンに出かけている。

リィは不思議そうに尋ねた。

「会社の公式案内に載ってないとしたら、ミックはその旅行が当たる懸賞をどこで知ったんだ？」

「チラシで見たんだよ」

古典的である。

「ウェブスターさんが持ってきてくれたんだ。店でこんなのをもらいましたよって。彼女もボルカンは食べないけど、ぼくがしょっちゅう買ってきてって頼むもんだから」

「そのチラシは？」

「とっくに捨てちゃったよ」

「じゃあ、旅行の他にはどんな賞品があった？」

ミックは眼を輝かせて身を乗り出した。

「それがさ、立体映像対応のラップトップなんだよ。医療用にも使われてるアクラムの最新型！」

「ええっ⁉」

再びヴィッキーが眼を丸くする。

「嘘だろう！　いくらすると思ってるのさ！」

リィが訊いた。

「いくらするんだ？」

「たぶん、さっきのA賞の携帯端末の二十倍くらい。おかしいだろう、高すぎるよ！」

シェラが呆れたようにミックに言ったものだ。

「何もわざわざ懸賞に応募しなくても、あなたならお金を出せば自分で買えるでしょうに」

「わかってないなあ。ああいうのは宝くじと同じで、当たるから楽しいんだよ」

あれが欲しかったんだけどねえ——と、ミックは無邪気《むじゃき》なものだ。

独り言のように、期待に反して、リィがゆっくりと言う。

「だけど、当たったのは旅行だった。期日指定のものか？」

「そりゃそうだよ。十日間の周遊旅行《ツアー》だもん。いつ出発するかは最初から決まってる。割と急な日付で、ちょっと焦ったけどね。ウェブスターさんは前から旅行したがってたから、ちょうどよかったよ」

「少しちょうどよすぎたかもしれないぞ」

ミックがきょとんとなる。ヴィッキーもだ。

「何が？」

「ウェブスターさんが旅行に行った途端、エセルがいなくなったってことがさ」

「それが何？　ただの偶然だろう」

「だけど、ウェブスターさんはもともと旅行に行く予定じゃなかったんだ。ミックが運良くその懸賞を当てなかったら、ウェブスターさんは今日もここに来てたはずだろう」

「そうだよ。平日は毎日来てもらってるから」

ヴィッキーもリィが何を言いたいのかわからない様子だった。訝《いぶか》しげにシェラに眼をやった。

シェラにはさすがにリィが何を懸念《けねん》しているのかわかっている。しかし、わからないこともある。

「もしそうだとしたら、目的は何でしょう？」

「おれもそれが知りたいよ。——もちろんミックの勘違いで、別の懸賞だった可能性もあるけど」

「その可能性のほうが限りなく高くありませんか」

「実のところ同感だ」

ミックとヴィッキーにはわからない話を交わして、リィはミックに眼をやって質問した。

「ミックは技術者だって言ってたけど、具体的にはどんなものをつくってるんだ？」

「一口に言うと、従来の通信波に頼らない新方式の研究開発だよ。具体的に言うと、宇宙に無数に存在する位相変動空間の類型《パターン》解析が大きな課題なんだ。特に最近は変動数値の安定と固定化を目差しているところなんだけど、これがなかなか難しくてね」

「もういい」

リィは嘆息《たんそく》した。

「訊いたおれが馬鹿だった……。結局、予定通りに行動するしかないな。ヴィッキーを誘拐したことをクラウド・ピークの上層部にばらさないと」

「そうだった。忘れてた。——あれ、何だろう？」

ミックが言ったのは、ものすごい勢いで車の音が近づいてきたからだ。

車は急制動《ブレーキ》を掛けて家の前で停まった。

慌ただしい足音と壊れそうな勢いで扉を叩く音と、切羽詰まった声がはっきり聞こえた。

「ミック！　いるんだろう！　開けなさい！」

リィが立ち上がりながらヴィッキーに言った。

「隠れて。マロニーさんだ」

シェラは素早い手つきで三人分の皿と茶碗《ちゃわん》を取り、台所に向かった。リィとヴィッキーがそれに続く。

三人が対面型の台所の陰にしゃがんで隠れると、ミックは玄関の扉を開けてやった。

マロニーの様子は尋常《じんじょう》ではなかった。

足音も荒く居間に入って来たかと思うと、部屋を見渡し、開口一番叫んだのだ。

「ヴォーンの息子をどこにやった⁉」

ミックは眼を丸くした。

「ええ？　これから関係者に話すところだったのに、何で知ってるんですか」

流しの陰で子ども三人は頭を抱え、ヴィッキーが小声で囁いた。

「突っ込むところが根本的に間違ってる……」

リィもシェラもまったく同感だった。

こんなことをあっさり言われたマロニーは絶望の淵に突き落とされたに違いない。

押し殺した声で呻《うめ》くように言ったものだ。

「カーシー・ヴォーン本人から連絡があった」

息子が誘拐されました——開口一番そう言われて、マロニーは息を呑んだ。心臓がひっくり返る思いを味わいながらも、警察には連絡したのかと一般的な問いを（探りを）掛けてみた。

「——いいえ、まだです。犯人が要求してきたのはST40なんです」

再び心臓がでんぐり返った。

絶句したマロニーに、ヴォーンは妙に押し殺した冷静な声で告げてきたという。

「犯人の要求に応じるかどうかはわたしの一存では決められません。社長や役員会にも相談しなければなりませんが、こんな状況ですので、申し訳ないが、そちらとの提携は一時延期とさせていただきたい」

マロニーは、どう返事をしたかも覚えていないと、話を締めくくった。

リィがそっと覗《のぞ》いて見ると、マロニーは額《ひたい》の汗をひっきりなしに拭《ぬぐ》っている。肌寒さを感じる季節で、夜風も冷たいというのに、彼の肌を伝う汗は止まる気配もない。

「通信は危険だ。ここへ掛けたのを突き止められる危険がある。そう思って直接来たが……何てことをしてくれたんだ！　ヴォーンの息子はどこだ⁉」

「元気ですよ。すごく掃除の手際がいい子なんです。ぼくは掃除が下手だって怒られました」

マロニーが天を仰ぎ、苛立たしげに吐き捨てる。

「きみは自分が何をやったかわかっているのか？」

「ぼくだってやりたくてやったわけじゃありません。みんなエセルのためなんですよ」

「まだ言ってるのか！　いい加減にしたらどうだ。あの子は家出しただけなんだぞ！」

「信じられません」

きっぱりとミックは言った。

「ただの家出なら、ぼくの呼び出しに答えられないはずはない。エセルが無事だというのなら、彼女をここに連れてきてください。そうしたら信じます」

マロニーは盛大な息を吐いた。

「ミック……、わたしはきみのお父さんには本当に世話になった。きみとも、きみが子どもの頃からのつきあいだ。仕事上のよき相棒《パートナー》でもある。しかし、これだけは——今回だけは見逃すわけにはいかない。前々から思っていたが、きみには神経というものがないのか！」

「あるに決まってるじゃないですか！」

これまた抗議する根源が間違っている。

身体を引っ込めたリィが呟《つぶや》いた。

「こりゃあ、やばいな……」

「何が？」

小声のヴィッキーの質問には、シェラが代わりに答えた。

「ヴィッキーのお父さんが警察に知らせないわけがありません。警察はマロニーさんが怪《あや》しいと思って、確かめるためにヴィッキーのお父さんにお願いして、わざとそんな連絡を入れさせたんです」

まさに思うつぼでマロニーは即座に行動を開始し、この家にすっ飛んできたのだ。

当然、次に来るべきものが来たのである。

「動くな！　警察だ！」

玄関の扉を破って警官隊が突入してきた。

全部で六人もいた。彼らは三人ずつ、室内にいた人間に銃を突き付けて、動きを封じたのである。

「両手を上げて頭の後ろで組め！」

ミックもマロニーも慌てて言われたとおりにした。

警官隊のうち二人は銃口を下げたが、他の四人はいつでも撃てる姿勢を崩さない。

銃を下げた二人が前に進み出て言った。

「マイケル・ロス・オコーネルだな。ヴィッキー・ヴォーン誘拐の実行犯として逮捕する！」

「アーネスト・マロニー。主犯として逮捕する！」

マロニーが悲鳴を上げた。

「ち、違う！　わたしは無実だ！　関係ない！」

「動くな！　言い訳は後で聞く」

「待ってください！」

まだ両手を上げたまま、ミックが割って入った。

「マロニーさんは本当に関係ないんです！　ぼくが一人でやったことです！」

何から何まで抜けているのに、こんなところだけ無駄な義侠心を発揮する男である。

警官は無論、そんな言葉には耳を貸さなかった。

簡単な身体検査をした上でミックの手を下ろさせ、後ろ手に手錠を掛けた。

マロニーも同様にされたが、その間も彼は必死に弁明していた。

「待ってくれ！　わたしは無関係なんだ！」

「言い逃れは見苦しいぞ。マロニー。きみの主導でオコーネルが誘拐を実行した事実に変わりはない」

どうやらマロニー主犯のオコーネル実行犯という図式が警察には既にできあがっているらしい。

その様子を見て心配になったのか、再びミックがしゃしゃり出た。

「マロニーさんを放してください。マロニーさんはヴィッキーの誘拐には最初から反対だったんです！

エセルのためでもそんなことはできないって。今も何てことをしたって怒ってたくらいなんですよ！」

　見事な墓穴掘りである。これではせっかくの義侠心も台無しだ。

　警官の一人はマロニーとミックに向かってまるで脅《おど》すような口調で言ったのだ。

「覚悟するんだな。セントラルでは誘拐は重罪だ。特に主犯は極刑を科せられても不思議じゃないぞ」

　マロニーが震え上がった。

「弁護士を呼んでくれ！」

「大丈夫ですよ。マロニーさんが無実だってことはぼくが証言しますから」

　例によって全然根拠のない『大丈夫』である。

　指揮官らしい男が引き上げの合図を出した。

　彼も含めた六人の警官は容赦なく、手錠を掛けた二人を家の外に連れ出そうとした、その時だった。

　リィが立ち上がって声を掛けたのである。

「ちょっといいかな」

　六人がいっせいに振り返って銃口を向ける。

　さすがに訓練された動きだが、そこに立っていた人間の意外な姿に戸惑いを隠せない顔になった。

「きみは？」

「誘拐された子どもだよ」

　警官たちが顔を見合わせる。

「そうか。大変だったね。もうじきご両親が来る。それまでここで待っていなさい」

「あ、そうなの？」

　可愛らしく言って、リィは居間に歩いていくと、警官たちの前で三本の指を見せた。

「三分だ」

「何？」

「おじさんたちがこの家に入ってから三分経ってる。誘拐犯人の自宅に踏み込んで犯人を無力化したのに、三分経ってもまだ人質の子どもを捜そうとしない。発見したのに保護しようともしない。犯人に権利も読み上げず、人質の子どもを現場に置き去りにして犯人を連行しようとしてる。——変だよね。本物の警官なら絶対やらないと思うけど」

にっこり笑った美しい顔が壮絶に変化した時には、リィは眼にも止まらぬ速さで手近の一人を打ち倒し、別の一人に飛びかかっていた。

三人目を倒すより先にシェラが立ち上がった。

その手が続けざまに擲《なげう》ったのはフォークである。

飛び道具として使うには極めて不安定な代物だが、使い手の技倆《ぎりょう》は半端ではない。

宙を切って飛んだフォークは狙い過《あやま》たず、残る三人に命中した。顔や足に予想外の攻撃を食らって三人が悲鳴を上げた時には、リィがその三人に襲いかかっていた。

この偽警官たちは厳しい戦闘訓練を積んだ戦いの専門家には違いないのだろう。しかし、こんな敵に遭遇《そうぐう》したことは今まで一度もなかったはずだ。

銃の射程圏内にありながら狙いを定められない、眼で捉《とら》えられない速さで動いて攻撃してくる敵など、想定したことすらなかったはずである。

あっという間の早業《はやわざ》で六人を倒し、リィは彼らの持っていた手錠を彼ら自身に掛けて拘束《こうそく》した。

男たちは粘着テープも持っていた。

それを使って偽警官の口を封じ、動けないように足首もぐるぐる巻きにした上で、リィは手錠の鍵を取り上げて、ミックとマロニーを自由にしてやった。

そのマロニーは何が起きたのか理解できない顔で、茫然《ぼうぜん》とリィを見つめている。

ヴィッキーも同様だった。薄幸の美少女が大の男三人を、よりにもよってフォークを使って倒すとは。

自分の眼が信じられなくなっても当然だった。

ミックだけは大きな声で叫んだのである。

「何てことをするんだ！　公務執行妨害だぞ！」

「この連中が身分詐称で捕まるほうが先だ」

その時にはシェラも台所から出て来て、男たちの身体に刺さったフォークを引き抜き、指揮官の男の身体検査をして、顔をしかめた。

「念が入ってますね。警官の身分証を持っています。偽造にしてもよくできています」

同じものをリィも確認して考え込んでいる。

「連邦警察の身分証は偽造不可能って聞いたことがあるんだけどな」

「本当の身元がわかるものは何も持っていません。口を割らせますか？」

「いや、急いでここを離れたほうがいい。——一応、表を確認してくれ」

「はい」

ミックがわけのわからない様子で訊く。

「ここを離れるって、何で？」

「じきに本物の警察が来るからさ。マロニーさんに掛かってきたヴォーン氏の電話は囮《おとり》に間違いない。本物の警察がここを突き止めるのは時間の問題だ」

「それなら本物が来るのを待って、この偽物連中を引き渡そうよ」

「ミックがいいならそれでもいいけど。そうしたらミックはヴィッキー誘拐の現行犯で逮捕されるし、エセルの行方はわからないままだぞ」

「それはだめだよ！」

即座に叫んだミックだった。

「逮捕されるのはかまわないけど、それはエセルが無事なのを確認してからだ」

リィはちょっと呆れて、同時にちょっと感心した。

「ミックはやってることはむちゃくちゃなんだけど、その首尾一貫した姿勢だけは評価できるな」

外からシェラが戻って来た。

「車が二台停まっています。運転手はいません」

「ミックとマロニーさんを別の車に乗せて、三人で囲むつもりだったのか」

素人《しろうと》相手にずいぶん仰々《ぎょうぎょう》しい処置である。

シェラも同じことを感じたのだろう。

声を封じられた指揮官の男を見下ろして言った。

「どうします。一人連れて行って吐かせますか？」

「いや、この連中は実行部隊だ。詳しいことは何も知らないだろう。荷物は少ないほうがいい」

「わかりました」

マロニーが悲鳴を上げた。

「きみたちはいったい何なんだ！」

立て続けの展開に頭がついていかないのだろう。

無理もないが、リィはそんなマロニーに眼をやり、
真面目な顔で言ったのである。

「危険はないはずだからマロニーさんはここにいて。もうじき本物の警察が来る。そうしたら、今までのことを全部彼らに話すんだ」

「いや、しかし！」

「半信半疑だったけど、この連中のおかげで確信が持てたよ。お嬢さんは間違いなく誘拐されてるぞ」

「な、何を言ってるんだ、きみは……」

「この連中は最初からマロニーさんとミックだけを連れて行こうとした。人質の子どもはどうでもいい。二人の身柄《みがら》だけが目的だったんだ。心当たりは？」

逃げることを許さない緑の視線に身体を貫かれて、マロニーは動揺した。のろのろと首を振った。

「わからない……わたしには、何が何だか……」

リィはそれ以上追及しなかった。

振り返って声を掛けた。

「行こう、ヴィッキー」

理解が追いついていないのはヴィッキーも同様で、眼も口もまん丸になっている。

それでも身体が動くのは若さからだろう。慌てて、来る途中で買った着替えや必要なものを持ってきた。

「で、でも、どこへ行くの？」

「いいから早く。急いで」

シェラも素早かった。あの小さな鞄《かばん》の他に必要な身支度を終えている。

リィは赤いセーターを持って、ミックを引っ張るようにして車庫へ向かったのである。

行き先も決めずに走り出した車の中で、シェラは小さなため息を吐いた。

「残念ですね。せっかくきれいにしてもらったのに、

お風呂に入れませんでした」

ヴィッキーが驚愕《きょうがく》の眼差しでシェラを見た。

この異常な状況で気にするのがそのことだなんて、女の子って――と顔中で訴えている。

ミックが心細そうに助手席のリィを見やった。

「でも、本当にこれからどうするんだい？」

二十代の男と十代の少年少女三人の顔ぶれでは、普通のホテルに泊まるのは到底無理だ。

しかし、リィにはあてがあったらしい。

「ウェブスターさんの家へ行こう」

「えっ？」

「ご主人と二人暮らしで二人は旅行に出かけている。つまり、今、ウェブスターさんの家には誰もいない。通いの家政婦さんなら、家はこの近所なんだろう。一時的に隠れるにはうってつけだ」

ミックが感心して叫んだ。

「きみは天才だ！――って言いたいところだけど、家の鍵がないよ」

「壊して入ればいい」

「だめだよ！　そんなことをしたら怒られる」

「ウェブスターさんが戻ってくるまでに鍵を直しておけばいいんだ。黙っていればわからない」

夜間の運転に集中していたミックは、しみじみと首を振ってこう洩《も》らした。

「……ほんとに今時の若い子の考えることときたら。ぼくみたいな常識人にはついて行けないよ」

9

行動を急いだリィの判断は正しかった。

彼らが家を出るのとほとんど入れ違いに、本物の警官隊が到着したのである。

「動くな！　警察だ！」

かくてマロニーは再び両手を上げる羽目になり、突入した警官隊は一瞬、我を忘れて絶句した。

六人もの人間が手錠を掛けられ、口を封じられ、足を縛られて床に転がされ、その傍らにマロニーが茫然《ぼうぜん》と突っ立っていたのだから。

シュミット警部とコール警部も家に入って来たが、この異様な光景には彼らも呆気《あっけ》に取られた。

両手を上げたままのマロニーが喘《あえ》ぐように言う。

「……き、きみたちは本物か？」

「何を言ってる？」

「そこに転がっているのはみんな偽警官だからだ。きみたちは本物の警官なのか？」

コール警部が進み出た。

身分証を見せながら穏やかに話しかける。

「我々は本物ですよ。連邦警察のコール警部です。アーネスト・マロニーさんですか？」

「そうだ」

「どうぞ。手を下ろしてくださって結構です。少しお話を伺《うかが》いたいのですが、よろしいでしょうか」

物腰はあくまで丁寧《ていねい》だが、対照的に警部の視線は真剣そのものだった。

「ヴィッキー・ヴォーンくんはどこにいます？」

この質問にマロニーは明らかに安堵《あんど》した。

先程は突然の逮捕に動転して気づかなかったが、あの少年に言われるまでもなく、誘拐《ゆうかい》事件の捜査に当たっている警官が子どもの安否に無頓着《むとんちゃく》だなんて、そんなことはあり得ないのだ。

「その子なら、つい今し方までここにいましたよ。金髪の、少しむっちりした体格の少年でしょう」

「先程までいたということは、今はどこに?」

「わかりません。出て行きました」

「オコーネルさんが連れて行ったのですか?」

「いえ、一緒に家を出たのは確かですが……」

ミック自身も連れて行かれたようなものなのだが、それをどうやって説明すればいいのか、マロニーは絶望的な気分だった。話したところでとても信じてもらえない話だったからだ。

一方、シュミット警部は偽警官の口を塞《ふさ》いだ粘着テープを剝《は》がして尋問を開始していた。

「おまえたちは何者だ?」

答えはない。不自由な姿勢のまま沈黙している。

シュミット警部は彼らの身分証を取り上げてみた。

彼はメイヒュー市警察の人間だから、連邦警察の身分証にはあまり馴染《なじ》みがない。しかし、こういうものの偽造ならよく知っている。首を捻《ひね》りながら、コール警部に伺いを立てた。

「わたしには本物に見えるんですが」

「ぼくにもそう見えます。しかし……」

コール警部はマロニーを振り返った。

「この連中はなぜ縛られているのです?」

「それが、その……わたしにも何が何やら」

決してとぼけているわけではない。まだ混乱しているらしいと見て、コール警部は椅子を勧めた。

三人で居間の長椅子に腰を下ろして、あらためて質問に戻った。

「マロニーさん。あなたはヴォーン氏からの連絡を受けてまっすぐこの家にいらした。なぜですか?」

マロニーは大きく息を吐《つ》いた。

「ミックがやったと思ったからです。しかしそれは、本を正せば——娘のためなんです」

「あなたのお嬢さん?」

「娘は誘拐されたと、ミックは信じているんです。しかも、娘の身代金に犯人が要求したのはST40の設計図でした」

シュミット警部が苛立たしげに割って入る。

「何を言ってるんだ。それはあんたがヴォーン氏に要求したものだろう」

「ですから、娘を誘拐した犯人がヴォーンの息子を誘拐して、ST40を要求しろと言ってきたんです。耳を疑いましたが、手に入れた上でこちらに渡せと。その子の特徴まで教えてきたんです。実に具体的な指示でした」

シュミット警部は露骨《ろこつ》に胡散臭《うさんくさ》そうな顔だった。

こんなものは罪を逃れるための苦しい言い逃れに決まっていると思ったようだが、コール警部は注意深く質問を続けた。

「最後にお嬢さんの姿を見たのはいつですか？」

「昨日の朝です。友達と買い物に行くと言って家を出ました。昼には犯人から電話があったんです」

「その場にオコーネルさんもいたのですね？」

「はい。うちで昼食を一緒に取っていましたから」

その後自分が何をしていたか、どう過ごしたのか、まったく覚えていないとマロニーは語った。

「夜になって初めてミックがいないことに気づいて、彼は少々……早まったことをする傾向があるので、まさかと思って念のためにヴォーンに連絡しました。何事もなかったようで、その点ではほっとしました。今朝には娘から伝言があったので、なおさらです」

マロニーはエセルの伝言をまだ残してあったから、実際に再生して聞かせた。

コール警部はじっと耳を傾けて言った。

「しかし、オコーネルさんはこれを信じなかった。そして、要求通りヴィッキーくんを誘拐した」

「そうです」

「あなたのご意見はどうなのでしょう。この伝言はお嬢さん自身の意思によるものとお考えですか」

「確かにエセルの声です。それは間違いありません。何より娘は活発な子で……」

マロニーは途方に暮れた様子で言いかけたものの、

後が続かない。

　活発だという娘の話をするのを躊躇《ためら》ったと見て、コール警部が水を向けた。

「お嬢さんの生活態度について聞かせてください。学校にはきちんと登校していましたか?」

「もちろんですとも！　成績も上位です。不登校や非行には縁のない娘です。ただ一つ困ったことに、あれは若い子の常なんでしょうが……あの子もその、何とかいう若い男の歌手に夢中でして……」

　コール警部は納得して頷いた。

「なるほど。授業よりその歌手のほうを選ぶこともあったというわけですね」

「お恥ずかしい限りです。実はこの間も夜中に家を抜け出しまして、厳しく叱《しか》ったばかりでした」

「それでよくわかりました。あなたにしてみれば、お嬢さんが狂言誘拐を企んだと考えるに足る充分な理由があった。だからこそ、録音を聞いて安心した。逆説的な心理状態になりますが、安心したからこそ本物に間違いないと思われたのですね」

「おっしゃるとおりです。叱られた腹いせにこんなことを企んだのだろうと思いました。悪戯《いたずら》にしても度が過ぎると、わたしのほうが腹が立ちましたよ」

「ちなみに、お嬢さんを誘拐した犯人から二度目の連絡はありましたか?」

「いいえ、ありません。――コール警部、わたしは本当に何も知らなかったんです。ヴォーンの電話で、息子が誘拐されて、身代金にST40を要求されたと言われた時には……眼の前が真っ暗になりました。あんなにぞっとした覚えはありません」

「そしてあなたは直ちにここへ駆けつけた。そこへあの偽警官たちが現れたのですか?」

「そうなんです。彼らの態度は明らかに変でした。子どもの姿を発見しても保護しようとせず、じきに両親が来るからここで待っていろと言ったんです。本物の警官ならそんなことはあり得ません」

　全部あの少年が指摘したことだが、そんなことはわざわざ言う必要はない。

「そうまでして、あなたとオコーネルさんを連れて行こうとしたのは、いったいなぜでしょう?」

「わかりません。こちらが知りたいくらいです」

シュミット警部が咳《せき》払いした。

「マロニーさん。少しは自分の立場を考えたほうがいいんじゃありませんかね。あなたは犯人の逃亡を幇助《ほうじょ》したことになるんですよ」

「助けたりしていません!」

「しかし、見逃したのは確かだ」

マロニーは疲れ切った顔で皮肉に笑った。

「お言葉ですが、わたしに何ができたというんです。身体を張って止めるべきだったと? そんなことは不可能です。やったところで無駄でしたよ」

「つまりオコーネルは武装しているんですね?」

「いいえ。彼は銃器の類《たぐい》はひどく苦手で、いっさい持ちません。扱い方すら知らないはずです」

「では、あの男たちの有様は何事です?」


手錠を掛けられた六人は既に警官たちの手で外に連れ出されていた。この場でざっと調べただけでも、この男たちの装備は警察官仕様の本物である。

身分詐称の中でも公務員を詐称するのは重罪だ。

この男たちには厳しい取り調べが待っているが、警官と同じ武装をした六人を戦闘不能状態にした上、拘束《こうそく》することなど、武器の扱い方も知らない素人《しろうと》にできるはずがない。

「オコーネルでないなら、あなたの仕業《しわざ》ですか?」

「いえ、あれはヴィッキーが……」

「ヴォーン氏の息子が?」

「いえ、違います。彼の息子ではなくて、その子はヴィッキー・ヴァレンタインと名乗っていました」

コール警部の眼が少し大きくなる。

「見た目は少女のように可愛らしい少年なんですが……まだ信じられません。あっという間でした」

「その子が、あの男たちを?」

「もう一人、女の子がいました」

「女の子？」

「はい。ヴィッキーと同じ年頃の少女です」

シュミット警部のみならず、コール警部も疑問の表情を浮かべた。

「その少女と少年が、武装した大の男を六人も？」

マロニーは絶望的な表情で手を広げた。

「信じてもらえないのはわかっていますよ。ですが、わたしは自分が見たままを話しているんです」

シュミット警部は依然として胡散臭そうな顔だが、コール警部も困惑していた。

これでは何が何だかさっぱりわからない。

ただし、一つだけ確かなことがある。

「あの偽警官たちが一連の事件に関わっているのは間違いなさそうですね」

「同感ですな。さっそく絞めあげてみましょう」

「その必要はありません」

突如、新たな声が割り込んだ。

警部二人もマロニーも、声のしたほうを見た。


「ルイス・コール警部。フランク・シュミット警部。初めまして。ジョナサン・タッカーです」

声の主はコール警部と同年配の男だった。

長身痩躯《そうく》で肩は広い。面長で、頬《ほお》がこけていて、話し言葉や態度は慇懃《いんぎん》なのだが、どこか隙がなく、ひねくれた感じがする。

シュミット警部が苛立たしげに言った。

「困りますな。ここは事件現場です。関係者以外は立ち入り禁止ですぞ」

「失礼。わたしはこういうものです」

男が見せた身分証は警察のものではなかった。

むしろ、この場には極めてふさわしくない種類のものだった。

「……セントラル科学技術財団？」

「そうです、シュミット警部。お引き取りください。あなたの上司には既に話してあります。この事件は我々に引き継がれることになりました」

こう言われて素直に引き下がるようでは、警察官失格である。シュミット警部は盛大に嚙《か》みついた。

「馬鹿を言ってもらっちゃ困る！　あんたが何者で何を勘違いしてるか知らんが、これは誘拐事件だ！　十三歳の少年が今も行方不明なんだぞ！」

「もちろん、少年は我々の手で保護します。同時に犯人の身柄《みがら》も我々が預かります」

「何のために！」

「それは申し上げられません」

シュミット警部は到底収まらなかったが、コール警部は得心がいった様子で話しかけた。

「なるほど。あの偽警官はあなたの部下でしたか」

「…………」

「身分証が本物そっくりに見えるわけです。本物と同じ場所でつくられたものを使っているのでしょう。番号は架空のものでもそれなら見分けがつきません。充分、本物として通用します」

「…………」

「マロニーさんがオコーネルさんと合流した時点で偽警官を突入させて、二人を連行する。我々本物がやってきた時は、この家にはヴィッキーくんだけが取り残されており、犯人は既に逃亡した後だった。それがあなたの描いた図式ですか？」

「…………」

「人質は無事に戻った。身代金も奪われずに済んだ。これなら実害はないのだから、事件は一応の決着を見るとでも思いましたか。残念ですが、犯人が逮捕されるまで事件が解決したとは言えません。何より、犯人にも人権はあるのですよ」

タッカーは薄ら笑いを浮かべていた。

「そこまでおわかりなら話は早い。すぐにわたしの部下を釈放してもらいましょう」

シュミット警部が言い返す。

「タッカーさん。彼らは警官を詐称した。あんたがやらせたというんなら、あんたも同罪ですぞ」

「捜査の邪魔をしたことはお詫《わ》びします。しかし、シュミット警部。少なくともこの一件に関しては、あなたにわたしを逮捕する権限はありません。いえ、逮捕したいというのであれば止めませんが、すぐに釈放することになりますから時間の無駄ですよ」

　再びコール警部が言った。

「タッカーさん。どうやら名刺の肩書きとは違う、もう一つの顔をお持ちのようですね」

「ご理解が早くて助かります。公《おおやけ》にされることはありませんが、政府直属の機関に属する者です」

　シュミット警部は苛立たしげに舌打ちした。

「ご大層なことだ。あんたたちが何かするのは勝手ですが、だったらせめてこちらに気づかれんように、こっそりやっていただきたいもんですな」

　痛烈な皮肉に、タッカーの慇懃な笑顔がいくらか苦笑に近くなったように見えた。

「今回の事態は確かに予定外でした」

　コール警部が質問する。

「ずいぶんと手の込んだことをなさったようですが、目的は何なのです？」

「それは言えません。しかし、国家《セントラル》の重要な利益に関わるものだと覚えておいてくだされば結構です。そのためにもミスタ・オコーネルの身柄はこちらで預からせてもらいますが、ご心配なく。我々は彼を傷つけるつもりはありません」

「では何をするおつもりです？」

　タッカーは首を振って答えなかった。

「お引き取りを、コール警部。――シュミット警部、あなたもです」

　コール警部はともかく、シュミット警部は素直に従うつもりはなかった。果敢《かかん》に言い返そうとしたが、まさにその時、彼の携帯端末が音を立てたのである。

「出てください。あなたの上司からでしょう」

　その通りだった。

　それも署長直々《じきじき》に、現場から引き上げるようにと、後はミスタ・タッカーがすべて引き継ぐと言われてしまっては、彼の立場では抵抗できない。

　時を同じくしてコール警部の端末も鳴った。

「はい。コールです」

　相手は確かにコール警部の上司に当たる人物で、すぐに戻ってこいと言ってきたのである。

「しかし、誘拐された子どもが発見されていません。二人ともです」

　この上司は普段は感情的な人物なのに、今は妙に落ち着いた声で、なだめるように言ってきた。

「コール。おまえが頑固《がんこ》なのはよく知っているが、手を引くんだ。いいか、その件にはもう関わるな」

「しかし、親御さんには何と説明するのです?」

　この問いに答えたのはタッカーだった。

「もちろん捜査は継続中であると言ってください。あなた方は何もしなくていい。ただ、少年の身内に、捜査中だと思わせてくれればいいのです」

　人を馬鹿にした話だが、タッカーはこれで二人の警部は片づいたと思ったらしい。

　マロニーに視線を移して話しかけた。

「ミスタ・オコーネルがどこへ行くか、心当たりはありませんか。親しい友人とか、女友達とか」

「まったく、見当もつきません。そもそもミックは人付き合いのいいほうではありませんから。わたし以外に親しくしている人間などいないと思います」

「なるほど。それでは、あなたを見張っているのが一番よさそうですね」

　無視されたコール警部は一礼して家の外へ出た。

　シュミット警部も渋々ながら同様にしたが、彼は憤懣《ふんまん》やるかたない様子だった。荒々しく部下に引き上げを命じ、偽警官を釈放するよう指示を出したが、コール警部に挨拶《あいさつ》をすることも忘れて、部下の車に乗って走り去ったのである。

　コール警部も部下に車を運転させて来ていたが、すぐには引き上げようとはしなかった。

　ひとまず車の助手席に戻り、何やら考え込んだが、その車の窓を叩いて警部の顔を覗《のぞ》き込んだ人がいる。

　ルウだった。

　滅多に物事に動じないコール警部もこれには眼を

疑った。

　捜査情報が極秘なのは言うまでもない。この家の住所はヴォーン夫妻にも明らかにしていない。

　この青年がこの場所に来られるはずはないのだが、現に車の外でにっこり笑っているのである。

　車の窓を開けて、警部は尋ねた。

「……なぜここにいるのです？」

「あの子がいるんじゃないかと思って」

「答えになっていませんね。なぜエドワードくんがここにいると思ったのです」

「説明するとややこしいんで、黙秘権を行使します。──あの子、いませんか？」

「先程までいたそうですよ」

「じゃあ、ここで待てっていう意味なのかな？」

　不思議なことを呟《つぶや》いて、青年は警部を見た。

「警部さんは何をしてるんです？　何だかちょっと面倒なことになったみたいですけど」

「はい。正直に申し上げて、かなり面倒な事態です。──きみは車ですか？」

「ええ。そこに停めてあります」

「そちらで少しお話ししてもかまいませんか」

「いいですよ。何のお話ですか？」

　車を降りて歩き出しながら、警部は言った。

「そうですね。まずお訊《き》きしたいのは、警官と同じ武装をした六人もの男に一度も発砲する隙を与えず、全員を倒して武装解除する。こんなことが果たして十三歳の少年に可能かということです」

「不可能ですよ」

　ルウはあっさり言った。

「不意を衝《つ》くことはできても、その後が続きません。逃げるだけならまだしも、十三歳って言ったらまだ子どもですよ。武装した大の男六人を倒すなんて、そんなことは子どもにはできません」

「では、エドワードくんには？」

「もちろんできます」

　あっけらかんとした答えに警部は絶句した。

一瞬、足も止まったが、すぐにルウの後に続いて、赤い小型車に乗り込んだ。

「きみはなかなか……おもしろい人ですね」

「警部さんには負けると思いますけど」

ルウは助手席に置いてあった保温容器を引き寄せ、中から何か取り出して警部に差し出した。

「よかったらどうぞ。出来合いのお茶だけど、まだ温かいですよ」

「いただきます」


ウェブスター家は集合住宅の一室だった。

リィは自分で言った通り、玄関の鍵を壊して家に侵入し、一同はひとまず居間に落ち着いた。

夫婦二人暮らしだから、それほど広くはないが、ぬくもりの感じられる凝《こ》った内装である。

ミックは珍しそうに辺りを見渡していた。

「入ったのは初めてだけど、きれいに片づいてるね。さすがはウェブスターさんだ」

リィもどっしりと居間の椅子に落ち着いているが、ヴィッキーはどうにも居心地が悪そうで、何となく小さくなっている。

「これってさ、犯罪だよね？」

シェラが頷《うなず》いた。

「はい。ですから、家の中のものにはなるべく手を触れないようにしてくださいね。ご迷惑になってはいけませんから」

そう言いながら自分はちゃっかり台所に入り込み、戸棚や冷蔵庫の中を片っ端から確認している。

「お見事。日持ちしないものは何も残っていません。お借りできるのは珈琲《コーヒー》とお砂糖と――それに、ああ、よかった、加糖練乳《コンデンスミルク》がある。これならヴィッキーも珈琲が飲めますよ」

短い間に、シェラに対するヴィッキーの評価には多少の変化が生じていた。

薄幸の美少女なのは確かでも、この子もやっぱりちょっと変わっている。

シェラは人数分の珈琲を淹《い》れてくれた。

ヴィッキーはこんなふうに本格的に淹れた珈琲を飲むのは初めてである。

シェラはかなり薄めて淹れてくれたが、それでも最初は苦くてとても飲めなかった。そこでミックを見習って、砂糖と加糖練乳をたっぷりと投入すると、甘くて美味《おい》しくなった。

極甘の珈琲を飲みながらミックは深い息を吐いて、独り言のように呟いたのである。

「さっきのはいったい何だったんだろう？」

リィも薄目の珈琲を飲みながら言った。

「どうやら、見方を変えたほうがよさそうだぞ」

「何のことだい？」

「おれたちの最初の考えは間違っていたってことさ。誰でもよかったからエセルを誘拐したんじゃない。――弟二人は金髪じゃないって言ったよな？」

不意に訊かれたヴィッキーは驚いて頷いた。

「うん。二人とも濃い茶色の髪だよ」

「下の弟は十歳なんだから、ヴィッキーとその弟とどっちが攫《さら》いやすいかっていったら弟のほうだろう。それなのにエセルを誘拐した犯人はマロニーさんにヴィッキーの名前を言って、きれいな金髪の子だと特徴も言っている。本当にST40が欲しいんなら、少しでも誘拐しやすい子を選びそうなものなのに、どうしてわざわざヴィッキーを指名したんだ？」

「…………」

「もしかしたら、ヴィッキーのお父さんとマロニーさんの間には何かあったんじゃないか。今度技術提携するんだから仲が悪いわけじゃないんだろうけど、ヴィッキーの身代金にST40を要求されたら、お父さんはすぐにマロニーさんに思い当たるような――そんな経緯がきっとあったんだと思う。でないと、お父さんからのあの電話が説明できない」

シェラが言った。

「つまり、真っ先にマロニーさんが疑われるように仕組まれていたわけですね」

「あの連中は子どもには全然興味を示さなかった。最初から誘拐犯人の名目でマロニーさんとミックを連行するのが狙いだったんだ。どこへ連れて行って何をするつもりだったか知らないけど、考えたよな。あの状況で警官の恰好をして来られたら、二人ともこれっぽっちも疑うはずがない。連中が引き上げた後、本物の警察が来て、部屋に閉じこめられていた人質を救出する。そういう筋書きだったんだろう。まさか、その人質が縛られもせずに家の中を自由に歩き回っているとは思わなかったんだろうよ」

「どちらが本当の目的でしょう。マロニーさんか、この人か？」

リィはげんなりした顔になった。

「……ものすごく信じられないんだけど、どうも、ミックっぽいんだよな……」

「どうしてそう思います？」

「マロニーさんが狙いならミックを巻き込む必要はないからさ。むしろミックの身柄を押さえるために、マロニーさんを巻き込んだっていうのが正解だ」

ミックが飛び上がった。

「ぼく⁉　ぼくが何をしたっていうんだ！」

「おれも心からそれが知りたいよ」

「しかも、あの連中は素人ではありませんでしたよ。正式な訓練を受けた戦闘員です」

「銃はちゃんと麻痺《まひ》段階《レヴェル》だったから、殺すつもりはなかったみたいだけどな」

ヴィッキーはぽかんと口を開け、尊敬の眼差しでリィとシェラを見つめていた。この子たちは本当に自分と同じ学年なのかと疑う顔つきでもあった。

「ミックはほとんど家から出ないで仕事をしてる。交友関係が広いようにも見えない。どこか定期的に出かけていく場所とか仲良くしている友達は？」

「友達なんかいないよ」

「一人も？」

「うん」

「じゃあ、最近、家に来た人は？　マロニーさんとウェブスターさんと掃除の業者の人以外に」

ミックは即答した。

「きみたち」

「おれたちの他は？」

この問いにミックは真剣に考えた。

隣の人がお裾《すそ》分《わ》けの林檎《りんご》を持ってきてくれたとか、宅配便の人が頼んだ機材を部屋に運んでくれたとか、いくつもの例をあげたが、個人的に仲のいい人間が見事に一人も出てこない。

ヴィッキーが信じられない顔つきで哀れみの眼をミックに向けて、しみじみと洩《も》らした。

「おじさん、かわいそうな人だったんだね……」

この感想にはリィも苦笑したが、本人はちっとも自分をかわいそうとは思っていないのである。

正確に言えば、どこがかわいそうなのか理解していないのだ。

「となると、やっぱり仕事がらみだと思うんだけど、ミックの研究っていうのは偽警官が眼の色を変えて手に入れたがるような値打ち物なのか？」

再びミックが飛び上がる。

「冗談じゃない！　ぼくはただの技術者なんだから、あんな危ない人たちが欲しがるようなものなんか、何も持ってないよ！」

彼が言っていることは事実なのだろう。

少なくとも彼自身はそのように認識している。

だが、ミックは意識していなくても、彼の何かがあの偽警官たちを呼び寄せたのは間違いない。

せめてミックがどんな仕事をしているのか、その仕事がどの程度の水準のものなのか、それだけでも把握《はあく》したいところだが、この男の口から語らせても絶望的な結果に終わるだけだ。

リィが呟いた。

「通訳が必要だな。ミックと専門的な話ができて、おれたちにもわかる言葉で話してくれる人が」

シェラが言う。

「ルウが警察署を出ていれば……」

「いや、おれが考えたのはケリーなんだ。正確にはダイアナだ。彼女なら理想的だけど、ここからじゃ連絡先もわからない」

「それでしたら、ここにあります」

シェラが見せたのはルウの携帯端末の中身が全部入っている携帯端末である。

「恒星間通信になるでしょうから、普通に掛けても通じませんけど、恒星間通信施設に行きますか?」

リィは相好を崩した。

「お手柄だ! シェラ。——ミック。おまえの携帯端末は今でも恒星間通信が掛けられるか?」

「えーと? 言ってる意味がよくわからないけど、共和宇宙ならどこでも掛けられるよ」

ヴィッキーとシェラが眼を剝《む》いた。

「おじさん、何言ってるんだよ!」

「携帯端末でそんなことができるんですか?」

ミックは逆に不思議そうに言い返した。

「できなかったら不便じゃないか」

リィはまた頭痛がひどくなりそうだと思いながら、端末を押しつけた。

「いいから、早くここに掛けて」

ミックが言われたとおりにすると、小さな機械は本当に相手を呼び出し、やがて魅力的な女性の声がそこから聞こえてきた。

「遠くからわたしを呼ぶのはどなた?」

「おれだよ、ダイアナ。元気?」

「リィ? あなた、いったいどうやって掛けてるの。これ、正規の通信手段じゃないでしょう」

「すごいな、ダイアナは。やっぱりわかるんだ」

「当然よ。ケリーに用? でも、あの人、奥さんと水入らずで休暇《ヴァカンス》の真っ最中なのよ。急用ならここに呼び出すけど」

「それじゃあ、おれが恨《うら》まれる。二人がいないのはむしろ助かったよ。ダイアナが相手をしてくれれば一番いいんだ」

「嬉《うれ》しいことを言ってくれるのね。何かしら?」

「ちょっと……人と話をして欲しいんだ。その人の仕事の内容について知りたいんだけど、おれじゃあ、よくわからないんだよ」

「おやすいご用よ。ケリーがいないから、ちょうど退屈していたところなの。――どうせなら顔を見て話したいところだけど……あら、いいものがある」

ダイアナが言った途端だった。

居間の壁に掛かっていた表示画面《ディスプレイ》が勝手に起動し、金髪碧眼の美女の顔が映し出された。

「お待たせ。わたしと話したいのはどなた？」

「こっちが見える？」

「見えるわ。この型《タイプ》には撮影機《カメラ》が内蔵されてるから。このお宅のご主人はスポーツ観戦が趣味のようね。あら、シェラ。すてきね。今日は特別美人だわ」

「ありがとうございます」

「おれたちは勝手にここにお邪魔してるだけだから、あんまりここの人たちの私生活《プライヴァシー》には触らないで。この子はヴィッキー・ヴォーン、こっちがミック・オコーネルだよ」

言いながらリィはミックを突《つつ》き、ミックはしどろもどろになりながら、画面の美女に挨拶した。

「あ、初めまして。ミック・オコーネルです」

「こんにちは、ミック。わたしのことはダイアナと呼んでちょうだい。お仕事は何をしてるの？」

「それはですね――」

後はリィにもシェラにもヴィッキーにもさっぱり理解できない専門用語の羅列《られつ》が延々《えんえん》と続けられたが、共和宇宙一の感応頭脳はさすがだった。

即座に呑《の》み込んで頷いた。

「おもしろいお仕事ね。そのお仕事が完成すれば、従来の通信方式よりもっと遠くへ、もっと大容量の情報が一度に送れるようになるわけね」

「そうなんですよ！　今はどんな方式なら中継点を通過するかを調査してる段階なんです」

「ねえ、ミック。あなたの本名はマイケル・ロス・オコーネル？」

「ええ。大げさだからミックで通してます」

ダイアナはリィに眼を向けて言った。

「この人の仕事自体は特に珍しいものじゃないわ。通信機器や精密機器の企業ならどこでも当たり前に開発を進める分野の一つよ。——だけど、この人はただものじゃないわね」

「そりゃあ、ある意味、大物だと思うよ」

「十二歳で大学を出てるわ。天才少年として将来を嘱望《しょくぼう》されながら卒業後はどの研究機関にも属さず、自宅で独自の研究に没頭。その一方で、父の知人に請われて、キャスケード・エレクトロニクスの技術顧問《こもん》を引き受ける。結果、この会社が過去に評価を得た論文のおよそ半数にこの人の名前が載っている。ただし、助手扱いで」

子どもたち三人は仰天《ぎょうてん》して声もなかった。

ミック本人もきょとんとしている。

「助手扱いって、ぼくのことですか?」

「そうよ。あなたは名声には興味がないのかしら。実際にこれらの論文を書いたのはあなたでしょう」

「いいえ。書いたのはマロニーさんですよ」

そういうことを言っているのではない。

業績を横取りされて平気なのかと訊いたつもりのダイアナは嘆息《たんそく》した。

「では、言い換えるわ。ここに書かれている技術を考え出したのはあなたじゃないの?」

ミックは不思議そうに首を捻っている。

「そりゃあ、思いついたのはぼくですけど。ぼくはただの思いつきをマロニーさんに話しただけだから、名前なんか入れなくてもよかったのに」

「幸せな人ね、あなた」

「そうですか?」

「誰が発見したか。誰が考え出し、誰が証明したか。それが研究者の生命《いのち》でしょうに。一番大事な発案《アイデア》を人に取られて悔《くや》しいとは思わないの?」

「そんなことないですよ。だって、ぼくの仕事には全然関係のない技術だったんですから」

衝撃から立ち直って、ヴィッキーが囁《ささや》いた。

「何かすごい話になってきたけど、このおじさんが天才なら、ぼくは教授だ」

シェラが苦いため息を吐く。

「二十歳《はたち》過ぎればただの人とは言いますけど……」

リィは頭を抱えながら呻《うめ》いている。

「二十歳過ぎの今も実績を残してるみたいだから、むしろ『何とかと天才は紙一重』のほうだろう」

「間違いなく『何とか』のほうです」

「マロニーさんはミックを仕事上のよき相棒なんて言ってたけど、これじゃあ、ミックのことを便利に利用してたみたいだな」

「本人は全然気にしていませんし、マロニーさんをとても慕《した》っているようですけどね」

「十二歳で携帯端末が持てるわけだ。たぶん特例で認められたんだよ」

「問題はこの人がそれを特例だと思っていないこと、それが普通だと思いこんでいることですね」

ヴィッキーがひどく気遣わしげな、真面目な顔で締めくくった。

「誰かこのおじさんに、おじさんの言う『普通』はみんなの考える本当の『普通』と違うんだってこと、ちゃんと教えたほうがいいよ。今はまだいいけど、そのうちひどいことになる気がする」

リィもシェラもこの意見に心から賛成だった。

事実、その『ひどいこと』は意外にもすぐ間近に迫っていたのである。

ミックは上機嫌でダイアナと話し続けていたが、最近仕事で何か問題はないかと訊かれて、ほとほと困ったように訴えたのだ。

「ありますよ。ほんとに困ってるんです。中継点の観測機が時々勝手に動くんですよね」

「変ね。移動能力はないはずでしょう？」

「もちろんですよ。絶対に動かれたら困るんです！　それなのにひどい時は数百光年もずれるんですから、元に戻すのが大変でしたよ」

「…………」

「…………」

「…………」

異様な沈黙がその場を満たした。

かろうじて気を取り直したのはダイアナだった。

「…………何ですって?」

「一度や二度じゃないんですよ。そんなことが最近、何度も続いてて、もう本当に頭が痛いんです」

「……もう一度訊くわよ。何ですって?」

「えっ? ぼくの声、聞こえませんでした?」

「聞こえてるわ。だから訊いているの。あなたは今、中継点に設置した観測機が数百光年を移動した——そう言ったのかしら?」

「いやだな、聞こえてるじゃないですか。そうです。正確には二百八十五光年です。他の中継点で言うと、七十六光年、三十七光年、十二光年、四光年かな」

「そしてそれを元の位置に戻した。どうやって?」

「中継点との過剰《かじょう》共鳴による障害だからもう一度同じ共鳴現象を起こせばいいんですよ。ただ、その発生条件が中継点によって違うんです。共鳴装置の微調整が難しくて。自宅の端末からめちゃくちゃな指示を出したら何とかなりましたけど」

「めちゃくちゃな指示?」

「ええ。あんなの適当ですよ。試しにやってみたらうまくいったって感じです。でも、本当に勘弁《かんべん》して欲しいんですよね。いつでもうまく元に戻せるとは限らないんだから。現に最初に動いた観測機なんか、未だに全然別の中継点にあるんです。それはそれで予想外の資料《データ》が手に入っておもしろいんですけど。——どうかしました?」

不自然な沈黙にようやく気づいてミックが言うと、再び異様な沈黙が居間を支配した。

シェラとヴィッキーは息を呑んでミックを見つめ、ダイアナは白い額《ひたい》に手を当てて大きく呻いた。

「……頭が痛くなってきたわ」

ケリーが聞いたら、おまえのどこに痛みを感じる頭があるんだと容赦《ようしゃ》なく突っ込んだに違いないが、リィは笑って頷いた。

「よかった」

「何がいいのかしら?」

「ごめん。だけど、ダイアナまで頭痛を起こすなら、ミックの馬鹿は本物だってことだろう。おれはもう頭がおかしくなりそうだったからさ」

「わたしだってよ。でもね、断っておきますけど、わたしだから頭痛で済んでるのよ。宇宙物理学者がこんなことを聞いたら、絶叫するか気絶するか発狂するかだわ。リィ、この人は本当に人間なの?」

「おれも今、ちょっとそれを疑ってる」

大真面目に頷いて、リィはエセルの失踪《しっそう》に始まる一連の事件をざっと説明した。話を聞いて納得したダイアナは即座に指摘したのである。

「狙いははっきりしてるわ。通信波専用の中継点に観測機を丸ごと通したその方法よ」

「それって、あり得ないことなんだ?」

「絶対にね。観測機自体は通信波を通すための共鳴装置を備えている。むしろそれがなければ通信波も通らない。でも、この人の言う過剰共鳴によって、観測機そのものが中継点を通過してしまうなんて、そんなことは断じてあり得ない。中継点はあくまで中継点であって《門》《ゲート》じゃないのよ」

ヴィッキーが興奮した様子で口を挟んだ。

「通信波の中継点って理論的には《門》《ゲート》と同じものですよね。共鳴次第で電磁波を通す性質を持つけど、大きなものは——物体なんかは決して通さない」

「その通りよ。よく勉強しているわね、ヴィッキー。物体を通すものは区別されて《門》《ゲート》と呼ばれるわ。ただし、その《門》も安定度数が低ければ開かない。閉ざされたままなのよ。通信波の中継点は《門》の安定度数にたとえて言うと、その数値は極めて低い。小数点以下のものがほとんどだわ」

キングと呼ばれたケリーの技量をもってしても、これではどうしようもない。

画面のダイアナは腕を組み、深い息を吐いた。

「不安定な《門《ゲート》》を何とか安全に使おうと、数値の向上と固定化は人類最大の悲願だった。人も資源も惜しげもなくつぎこまれて研究された時代もあった。かつての連邦もクーア財閥も、この難関に率先して取り組んだ。マックスの時代から始まってケリーが総帥になった後も、クーアの研究班は総力を挙げて《門》の数値を人工的に変える方法を、高い数値を維持したまま固定化する手段を必死に模索していた。――そこまでしても実現はできなかったのよ」

代わりにショウ駆動機関《ドライヴ》の登場となるのだ。

「それを……そのかつての人類の悲願を『試したらうまくいったためちゃくちゃな指示』とやらで可能にしたと言っているのよ、このお馬鹿さんは」

その時代を肌で知っているダイアナには（彼女は人間ではないが、自らの性能向上を至上命題とする宇宙船だ。ある意味、一番の当事者だ）ことのほか腹の立つことなのだろう。

ほとんど歯ぎしりしそうな表情で続けたものだ。

「この人の実験資料を確認したわけじゃないから、断言はできないけど、そんな怪《あや》しげな連中が動いている以上、信憑性《しんぴょうせい》は高いと判断すべきでしょうね。この人の技術を応用すれば、もしかしたら現状では跳躍できない、数値の低い《門《ゲート》》を跳躍可能状態に持って行くことすら可能になるかもしれないわ」

シェラが質問した。

「ですけど、ダイアナ。これだけショウ駆動機関《ドライヴ》が普及した現在、《門《ゲート》》を自由に飛ぶことにそれほど意義があるのでしょうか？」

「かつて発見されながら、跳躍不可能という理由で使われなかった《門《ゲート》》がどれだけあるか知ってる？それだけ宇宙は広いのよ、シェラ。長距離型《門》の中には一万光年以上の距離を結ぶものすらあるわ。安定度数を問題にせずに跳躍できれば、人類の行動範囲は爆発的に広がることになるのよ」

「失礼しました。では、その技術が実用化されたら、ダイアナも欲しいんですね」

「もちろんよ！　いいえ、真っ先に手に入れなきゃならないわ。現にそっちに向かっているところよ。こんな話を聞かされてじっとしていられないわ！」

彼女にしては極めて珍しい興奮状態である。

シェラはちょっと焦《あせ》って言った。

「でも、あのお二人を乗せていないのに」

「いいのよ。きれいな海と珊瑚礁《さんごしょう》があるんだから。しばらく二人きりにしてあげるわ。いちゃつくには理想的な場所《ロケーション》だもの」

薄情な船である。

リィは難しい顔で何やら考えていた。

「おれは権利関係はあんまり詳しくないんだけど、もし《門《ゲート》》の安定値を自在に変えることができたら、その技術の特許とか権利とかって……すごいお金になるんじゃないか？」

「具体的な金額は今の段階では試算できないわね。莫大《ばくだい》すぎて。ただ一つだけ言えるのは、確実に億の単位では収まらないってことよ」

「億万長者を超えるわけだ」

「ええ。かるーくね」

子どもたちはいっせいにため息を吐いた。

ミック本人だけが自分の持っているものの価値を知らない。もしくは全然気がついていないのだ。

現に今も話の途中で興味をなくした様子だったが、不意にダイアナに話しかけた。

「ところで、一つ訊きたいんですけど」

「何かしら」

「《門《ゲート》》って何ですか？」

満面の笑みで放たれたこの質問に、子ども三人は腰を抜かしてひっくり返り、ここまで我慢していたダイアナの堪忍袋《かんにんぶくろ》の緒がついに切れた。

この馬鹿が眼の前にいたら、そして自分に身体があったら、喜んでこいつの首を締め上げてやるのに
――と顔中で表現している。

「……リィ、わたしの代わりに、その人をちょっと

締めてくれるかしら。殺してもかまわないわ」

「了解だ。いっぺん死ねば治るかもしれないしな」

「えっ、何？　わっ！」

あっという間にミックの身体が床に引き倒され、背中を取られ、その首にリィの腕が絡みついた。

見た目はすんなりと華奢《きゃしゃ》でも、実は大の男六人を倒す力を持っている豪腕である。

そこから逃れる術などミックにあるはずもない。

やめて！　助けて！　と騒ぐミックを、シェラもヴィッキーもひどく冷めた眼で見つめていた。

「どう考えても今のはおじさんが悪い」

「そのとおりです。同情の余地はありません。リィ、こちらは無断でお借りしているお宅ですから、床を痛めないようになるべく静かにお願いします」

「わかってる」

10

狭い車の中で、ルウとコール警部はおしゃべりに花を咲かせていた。

警部はタッカーの登場と偽警官の件を洗いざらいルウに話してくれたので、ルウは苦笑したものだ。

「事件の情報は極秘なんじゃないんですか？」

「はい。ですが、これは事件ではありませんので」

ルウは車内からミックの家を窺《うかが》ってみた。

タッカーはまだあの中にいる。加えて釈放された偽警官六人も家の中に入っていくのが見えたから、彼らはここを拠点にすることに決めたらしい。

「マロニーさんもまだ中にいるんでしょう？」

「はい。彼はオコーネルさんと唯一親しくしている人間のようですから。オコーネルさんはきっと彼に連絡してくると思っているのでしょう」

「つまり、彼らの目的はオコーネルさん？」

「そのようです」

頷《うなず》いて、警部は運転席のルウに眼をやった。

「きみはここで何をしているんですか？」

「言ったでしょう。待ってるんです」

だから何を——と尋ねようとした時、ルウの携帯端末が音を立てた。出てみると、よく馴染《なじ》んだ声が前置き抜きに言ってきた。

「ルーファ。まだ警察か？」

「ううん。オコーネルさんの家の前」

「そりゃあいい。——話は聞いたか？」

「うん。偽警官の正体はセントラル科学技術財団の職員だって」

「はあ？　科学技術財団って、あの連中は玄人《くろうと》だぞ。戦闘訓練を受けた財団の職員？」

「うん。変だよね。それは表向きの名前で、実際は政府直属の秘密機関の工作員っていう身分らしい。

——ヴィッキーくんは元気？」

「ああ。ここにいる。その工作員の親玉は？」

「家の中にいるよ。マロニーさんと一緒に」

「好都合だ。そこにいるならルーファに頼みがある。長い話になるけど聞いてくれ」

　その言葉どおり、ルウはしばらく相手の話に耳を傾けていたが、最後に頷いた。

「うん。わかった。後で連絡するね」

　通信を切ると、ルウは車を降りて家に向かった。当然、コール警部もその後に続いたのである。

　居間ではまだタッカーがマロニーと話していた。

　他にあの偽警官が二人いた。

　二人は威嚇《いかく》のつもりか腰に手をやったが、ルウはそれは頭から無視して、奥にいる人に声を掛けた。

「セントラル科学技術財団のタッカーさん？」

「きみは？」

「初めまして。ぼくの名前はルーファス・ラヴィー。ミック・オコーネルの代理人です。——と言ってもまだ一度も会ったことないんですけど。交換条件を預かってきました」

　タッカーは気味の悪い目つきでルウを見つめると、その横にいた人物に苦情を言った。

「困りますな。コール警部。お引き取りくださいと言ったはずですぞ」

「はい。ですから事件の捜査からは手を引きました。ここにいるのはぼくの個人的な興味です」

　涼しい顔で警部が答えると、ルウが言った。

「警部にも証人としてここにいて欲しいんですけど、かまいませんか？」

　こんなことを承知するはずがないと思われたが、意外にもタッカーは肩をすくめて言ったのだ。

「いいだろう。話を聞こう。ミスタ・オコーネルの交換条件とは何だ？」

「エセル・マロニーの無事な姿を確認することです。彼女はどこにいます？」

「きみはずいぶんとおかしなことを言う。わたしが知っているはずはないだろう」

「嘘《うそ》だな。知らないはずがないでしょう。あなたがエセルを隠したんだから」

マロニーが愕然《がくぜん》とした顔になった。

「何だって？」

タッカーは顔色も変えなかったが、ルウは構わず話を続けた。

「ヴィッキーを誘拐《ゆうかい》させて、偽警官を突入させて、それが全部オコーネルさんの身柄《みがら》を確保するためにやったことだとしたら、そもそもの発端にあなたが関わっていないはずはない。エセルはどこです？まさか殺したりしてないでしょうね」

「タッカーさん！」

マロニーが悲鳴を上げて椅子から立ち上がる。

タッカーは彼を振り返って平然と言った。

「ミスタ・マロニー。悪く思わないでいただきたい。メイソン社長には了解を得てあるんです」

「わ、わたしの娘の誘拐を⁉」

「誤解です。お嬢さんは誘拐などされていません。大好きな歌手の限定公演を楽しんでいるだけです。——ウェインツでね」

エポン東海岸の大都市だった。風光明媚《めいび》な港町で、有名な観光地でもある。

「お嬢さんご贔屓《ひいき》の歌手が昨日からウェインツで、三日連続の限定公演を極秘《シークレット》で行っているんです。ファンなら全部観たいと思うのが当然の心理です。そこで宿泊券付きの全公演の鑑賞券《チケット》を贈りました。学校を休んで観に行くと言ったのでは、親御さんが許してくれないのがわかっているから、お嬢さんは買い物に行くと言って家を出たんです」

コール警部が尋ねた。

「では、彼女の残した伝言はやはり偽物ですか？」

「そうです。我々が音声を合成しました。実際には彼女は三日で戻るという伝言を残しています」

「それを、あなたたちが偽造した伝言とすり替えたわけですね」

マロニーが絶叫した。

「なぜだ！　何が目的でこんなことを⁉」

「あなたのために言います。知る必要はありません。どうしても知りたければ社長にお尋ねなさい」

途端にマロニーが怯《ひる》んだ。

どれだけ理不尽な目に遭《あ》わされても、組織に属す人間は、上司と揉《も》め事《ごと》を起こすのを本能的に避ける傾向がある。マロニーもその例に洩《も》れなかったのだ。

「お嬢さんは本当に誘拐されたわけではありません。明日の夜には元気な姿でお宅に戻るのです。それで納得するのが賢明《けんめい》な道ではありませんか」

実害は何もなかったのだからと暗に圧力を掛ける。これでマロニーは完全に声を封じられてしまった。

代わりにルウがタッカーに言った。

「エセルの携帯端末はずっと通じません。あなたの部下がすぐ傍《そば》で妨害してるのか、それともエセルに気づかれないように機械に細工したのか、どっちか知りませんけど、その故障、今すぐ直してください。オコーネルさんはエセルの姿を確認するか、実際に話さない限り、絶対に納得しません」

「すぐには難しい。一時間待ってもらおう」

「五分でやってください」

「聞こえなかったのか？　わたしは一時間かかると言ったんだ」

「それはこっちの台詞《せりふ》です。今さら時間稼ぎが何になります？　こっちはそちらの条件を呑《の》むつもりで来てるのに。いやだというならそれでもいいですよ。マロニーさんを連れて帰ります」

両者の睨《にら》み合いは短い時間で決着がついた。

正しくはタッカーが一方的にルウを睨み、ルウは涼しい顔でその視線を受け流していただけだ。

タッカーは一つ息を吐《つ》いて携帯端末を取り出すと、どこかに連絡して短く言ったのである。

「わたしだ。——ああ、すぐに解除しろ」

しばらく間が生じて、タッカーは通信を切った。

「これで通じる」

すかさずルウが言った。

「マロニーさん。お嬢さんに掛けてみてください」

震える手でマロニーが言われたとおりにすると、すぐにつながって、相手が出た。

「なあに、パパ！　お説教なら後にして！」

背後の喧噪《けんそう》に負けじと声を張り上げている。

上機嫌な、はしゃいだ声だ。この声を聞くだけで誘拐云々は見当違いとわかるが、そこは親心である。

マロニーは思わず声を掛けていた。

「エセル！　無事なのか⁉」

「パパ！　ごめん、これだけは絶対見逃せないの！　明日には戻るから。じゃあね！」

「待ちなさい！　それどころじゃないんだ。うちはいいから今すぐミックに連絡しなさい！　おまえは誘拐されたことになってるんだぞ！」

端末の向こうの声がひっくり返る。

「ええ⁉　嘘！　何それ！」

「おまえが学校に行っていないのを知って、誰かが……悪戯《いたずら》したらしい。とにかく急いで掛けなさい！　ミックのことは知っているだろう。放っておいたら彼は何をしでかすかわからないぞ！」

「わ、わかった！　すぐ掛ける！」

若い女の子がこの慌《あわ》てぶりである。

ミックが過去に何をしたか知らないが、エセルも相当思い知らされているらしい。

ルウは感心したように言ったものだ。

「オコーネルさんって、どうやらかなり奇矯《エキセントリック》な人みたいですね」

コール警部が頷く。

「そのようですね。興味が湧いてきました」

五分ほど経って、ルウの携帯端末が鳴った。

通信に出たルウは短いやりとりの後、タッカーに眼を移して頷いた。

「オコーネルさんからです。納得したそうですよ」

「では、こちらの要求を呑んでもらおう」

「はい、どうぞ」

「ヴィッキー・ヴォーンを連れてシティにある財団本部まで来てもらいたい」

「いいですよ。ただ、他にも何人か一緒に行きます。——ぼくも含めて」

にっこり笑って、ルウはコール警部に問いかけた。

「警部さんはどうします？」

「お許しいただけるなら、ご一緒したいと思います。よろしいですか？」

タッカーは肩をすくめて皮肉な口調で言った。

「物好きな人ですな。だめだと言ったところで聞く人でもないらしい。ご自由になさればいいでしょう。最寄りの空港に特別機を用意させます」

特別機と聞いて、ルウは楽しげな顔になった。

「すごいな。VIPみたいだ。でも、こんな時間に飛ばすんですか？」

「問題ない。シティはまだ昼間だ」

「向こうだってもうじき日暮れでしょう。子どもはそろそろ寝る時間なのに身体に悪いですよ。明日の朝じゃいけないんですか」

「いいや。今すぐ来てもらおう。用件を済ませた後、こちらで人数分の部屋を用意する」

タッカーは迅速にことを処理したいらしいと見て、ルウも素直に従った。

「はい。じゃあ、お世話になります」


セントラル科学技術財団の権力は大したもので、彼らは間もなく機上の人になっていた。

コール警部は部下を帰してしまったので、ルウの赤い小型車に便乗して空港に向かい、一方、リィとシェラはヴィッキーと一緒にミックの運転する車で指定された空港のゲートまで行ったのである。

そこには迎えの係員が待っていた。

係員の指示に従って通常は使わない通路を使って、特別な搭乗口に向かう。

ミックとヴィッキーは、この特別扱いにすっかりはしゃいでいた。

「空港にこんな所があるなんて知らなかったなあ」

「前に主席がエポンに来た時に使った通路だよ」

搭乗口の前で、ルウは金銀天使と再会した。

リィはまだ黒い髪だし、シェラは女装しているが、そんなもので動じるような人ではない。

笑顔で連れを紹介した。

「エディは初対面だったよね。この人はコール警部。きみの誘拐事件を担当してくれてる」

コール警部はリィの顔は既に写真で知っていたが、実際に会ってみると、あらためて輝くような美貌《びぼう》に感心しながら話しかけた。

「初めまして。エドワードくんですか?」

きれいな顔が不快にしかめられる。

「警部さん。悪いけど、おれをその名前で呼ぶのはアーサー一人でたくさんなんだ」

「では、エディくん?」

「もっと悪い!　最悪!　絶対だめ!」

ルウが笑いながら口添えした。

「それはぼく専用の呼び名なんですよ。ぼくからもお願いしますけど、やめてくれませんか」

「わかりました。ヴィッキーくん?」

リィはやっと少し安心して頷いた。

「もう一人ヴィッキーがいるからややこしいけど、そう呼んでくれると嬉《うれ》しい」

リィはそのヴィッキーとミックを二人に紹介した。

ルウにとってもコール警部にとっても、ミックは大いなる興味の対象だった。ところが、その本人は子どものように無邪気《むじゃき》に特別機を見て喜んでいる。

「すごいねえ、あんなの見たことない!」

一同が揃《そろ》ったのを見極めて、タッカーが登場した。

傍には彼を守るように二人の警官が従っている。

その一人は額《ひたい》に大きな絆創膏《ばんそうこう》を貼っていた。

シェラにフォークを食らった偽警官だ。

「やっとお会いできましたな、ミスタ・オコーネル。ジョナサン・タッカーです」

話しかけられたことにミックはなかなか気づかず、

ヴィッキーと話し込んでいるので、そんなミックを例によってリィが突《つつ》き、やっとミックはタッカーに意識を向けたのである。

「あ、こんにちは。ミックでいいですよ」

「では、ミック。なるべくならもっと少ない人数で会いたかったが……」

コール警部は、リィの隣にいる巻き毛の美少女が気になっていた。紹介はされなかったが、どこかで見た顔のような気がする。どこで見たのか考えたが、なかなか思い当たらない。まさにその少女とリィを胡乱《うろん》な眼で見やって、タッカーが問いかけた。

「この子たちは何です？」

「おれはヴィッキー・ヴァレンタイン」

「シェラ・ファロットです」

コール警部が眼を見張ったのは言うまでもないが、彼は驚異の自制心を発揮《はっき》して沈黙を守ったのである。

「ミックとヴィッキーだけをフラナガンにやるのは心配だから、おれたちは付き添い」

こうして集まった一同は特別機に乗り込んだが、その際、コール警部はそっとシェラに囁《ささや》いた。

「……シェラくんですか？」

「はい。お騒がせして申しわけありません」

にっこり微笑《ほほえ》む顔はとびきり美しく、どう見ても少女だったので、コール警部は深々と嘆息《たんそく》した。

「なるほど……よくわかりました。キエナ市警察の捜査能力に問題があったわけではないということが。――発見できないわけです」

警部はシェラが少年であることをタッカーに言うつもりはないようで、座席にくつろいだのである。

そのシェラにフォークを食らい、リィに倒された偽警官二人は努めて子どもたちを無視していた。

こんな子どもに易々《やすやす》とあしらわれたとは思いたくないのかもしれなかった。

以上のような顔ぶれを乗せて特別機は飛び立ち、およそ一時間ほどでフラナガンに到着した。

機内からも外が明るくなったのはわかっていたが、

外に出ると、空は夕焼けで真っ赤に染まっていた。

ここからシティまではほんの二十分ほどである。

総勢九人は二台の車に分かれて、タッカーの車の後にルウの運転する六人乗りの箱型車が続いた。

ルウはシティには何度も来ている。

慣れた運転で今回も以前と同じ道筋を辿《たど》ったが、一つだけ違うことがあった。

個体情報の照合をしなかったのだ。

シティに入るのに認証を通らない。こんなことは異常だった。たとえ他国の元首であれ、必ず認証を受けなければならない決まりのはずだった。

セントラル科学技術財団の本部はシティの中ではかなり広い敷地に立てられていた。

四角い建物の外壁は燃えるような真っ赤に染まり、光り輝いている。夕焼けが映っているのだ。

車から降りると、ヴィッキーは珍しそうに辺りを見渡した。彼はシティに来るのは初めてだという。

ヴィッキーの体内時間は既に深夜に近いはずだが、興奮状態のためか、まだ眠くならないらしい。

一同はタッカーに案内されて建物に入った。

既に終業時刻を回っているせいか、ほとんど人に会うこともなく、一室に通された。

十人以上が囲んで座れる楕円形の机がある。ごく普通に使われている会議室のようだった。

ミックとルウ、それにコール警部はすんなり着席することができたが、子ども三人はちょっと揉めた。

タッカーが彼らを見やってこう言ったからだ。

「きみたちは他の部屋で待っていてもらおう」

リィがすかさず言い返す。

「どうして？」

シェラもやんわりと口を出す。

「わたしたちにも知る権利はあると思いますけど」

ヴィッキーも二人の存在に力を得て言い返した。

「そっちの都合で誘拐させておいて仲間はずれって、ちょっと勝手です」

タッカーはやれやれと頭を振った。

「……仕方がない。ただし、口は出さないように」

そんなわけで何とか全員、席に着くことができた。

細長い机の真ん中にミックが座っている。

タッカーはその正面に腰を下ろして切り出した。

「さて、ミック。疲れているところをすまないが、さっそく本題に入ろう。きみをここに招待したのは言うまでもない。きみの開発したあの技術を我々に――いいや、国家《セントラル》に提供してもらいたい」

「はあ？」

ミックはぽかんとしている。

それからタッカーが説明した内容は、ダイアナが指摘したことと寸分違わなかった。

《門《ゲート》》の安定度数で言うなら小数点以下の中継点をミックの観測機が通過したこと。ただし、ミックが使っている観測機は二百以上あり、そのうち跳躍を可能にしているのはごく一部に過ぎないことから、現段階では跳躍の成功率は極めて低く、偶発的とも受け取れる段階に過ぎないこと。だが、もしこれを自在に行えるようになれば、人類にとって（つまりセントラル政府にとって）どれほど輝かしい未来を手に入れられるかということを懇々《こんこん》と訴えて、こう締めくくった。

「この技術はもはやきみ一人のものとは言えない。独占は許されないのだ」

ここまで黙って耳を傾けていたコール警部が口を出した。

「莫大《ばくだい》な利権につながる技術や発明は個人のものにとどめるには大きすぎ、かつ危険すぎる。すなわち国家が管理する必要がある。権力者が好んで用いた手段であり、詭弁《きべん》ですね」

ルウも頷いた。

「立派に知的財産権の侵害に当たると思いますよ」

タッカーは二人の言い分を切り捨てた。

「きみたちと議論するつもりはない。彼だけがその技術を可能にしているのであれば問題はない。いずれ国家のために働いてもらえばそれでいい。しかし、その技術を他国に売り渡そうとしているとなれば、話はまったく別だ。きみのいう知的財産の流出は、断固として阻止しなければならん」

「他国に売り渡す？」

「そうだ。そんなことになれば我が国はどれほどの損害を被《こうむ》ると思う。今回の作戦はその目的のために計画されたのだ」

「えーと……」

ルウが何やら真面目な顔で考え込んでいる。

「素朴な疑問なんですけど。その作戦ってエセルに限定公演をプレゼントしたり、ウェブスターさんの旅行を嘘の懸賞で当てたり、ミックにヴィッキーを誘拐させたりすることですよね？」

「そうだ」

「あの……ほんとに不思議なんですけど、そこまで馬鹿馬鹿し……いえその、面倒なことをする前に、どうしてミックに直接訊《き》かなかったんですか？」

「もちろん尋ねたとも」


子ども三人とルウと警部にじっと見つめられて、ミックは慌ててタッカーに問いかけた。

「ええっと、すみません。何の話かわからなくて。――そんなことありましたっけ？」

タッカーは忌々《いまいま》しげに舌打ちした。

「相変わらずとぼけるのが上手だな、きみは」

やばい――とヴィッキーは直感した。

このおじさん（タッカーのことだ）何かとんでもない勘違いをしている。

「我々は中継点を跳躍した彼の観測機を調べてみた。当財団の科学者たちも感服していたよ。共鳴装置も観測機器も実に高度な技術を使っていると。ただし、新しい技術は何も使われていないと。すなわち観測機自体にではなく、彼が観測機に与えた指示にこそ跳躍の秘密がある。そこで我々は、キャスケード・エレクトロニクスの社長に協力を求め、本社に彼を呼び出した。莫大な報酬を約束した上で、いかなる指示を与えれば中継点を跳躍させることが可能かと、

「我々は最後の手段を選択せざるを得なくなった。自発的に話してくれないのであれば、やむを得ない。彼の頭の中を見せてもらうしかない」

リィの雰囲気が一気に剣呑《けんのん》なものになった。

つられてシェラがすうっと気配を冷たくする。

ルウも表情を消していた。

「頭の中を見る？　おもしろいですね。この財団は思考が読める特異能力者を養成してるんですか」

「そんなものがいればもっと話が早かっただろう。わざわざこの本部にご足労願わずとも済んだだろうが、どうしても彼をここに連れてくる必要があったのだ。ここにはブレイン・シェーカーが設置されている」

「…………」

「しかし、シェーカーの使用には厳密な規定がある。理由もなく民間人を連れてきて調査しろと言っても、受理されるはずがない」

「だからミックを誘拐犯人に仕立て上げようとしたわけですか。犯罪捜査の名目でミックをブレイン・ぜひ教えてほしいと率直に交渉したが……」

タッカーは苦り切った表情で吐き捨てた。

「彼はどうやって観測機を元の中継点に戻したか、その方法を『忘れた』と言ったんだ」

そりゃ言うだろう。

子どもたち三人の心の声である。

しかし、誰も口に出して告げたりしなかったので、タッカーは苦い表情のまま続けた。

「当財団の科学者がいかに手を尽くして説得しても、倍の報酬を約束しても、彼の答えは変わらなかった。あげくの果てに『何のことですか』と言ったそうだ。これだけの好条件を蹴《け》るからには、疑う余地はない。彼はセントラル政府にこの技術を渡すつもりはない。それればかりか、もっといい条件を出してきた他国に売り払う意思があるものと判断した」

「それはちょっと飛躍しすぎてません？」

ルウの意見にもタッカーは耳を貸さない。

長い前置きを終えた彼は本題に入ったのである。

シェーカーに掛ける、たったそれだけのために？」

捜査の専門家のコール警部も厳しい表情だった。

「エポンで起きた誘拐事件の犯人をフラナガンまで連行することの不自然さは考えなかったのですか？　それ以前に人質は無事に保護されているのですから、シェーカーの使用などあり得ません。あなたたちのやっていることはれっきとした犯罪です」

「我々とてやりたくてやったわけではありません。やむを得ないと言ったはずです」

現場にリィとシェラがいたことが計算外であり、彼らの痛恨の失態《ミス》だったのだ。

ルウが呆《あき》れたように指摘する。

「だいたい政府の秘密機関のくせに、自由に使えるシェーカーの一台くらい持ってないんですか？」

「ラヴィーくん。問題にするところが違います」

この顔ぶれの中では一番の常識人らしい警部から厳しい指摘が飛ぶ。

「あの機械は量産が利くようなものではありません。セントラルに何台あるか、いつ誰に使用されたか、なぜ使用されたか、すべて記録が取られます」

「でっち上げの誘拐事件の捜査がその理由でも？」

「書類が整っていればでっちあげとはわかりません。問題なく受理されるのでしょう。――恐らく、今も受理されたはずです」

タッカーが笑った。

「理解が早くて助かります。ミスタ・オコーネル、聞いての通りだ。きみにはどうしてもシェーカーに入ってもらわなければならん」

当事者でありながら、ミックはここまでほとんど話に加わらないでいたが、疑わしげに質問した。

「それって、ひょっとして頭の中が見られる機械のことですか？」

「そうだ。時間は掛かるが、苦痛はまったくない。きみは安静にして横になっているだけでいいのだ。なるべくなら快《こころよ》く応じてもらいたい」

会議室の扉が開き、武装した二人が入ってきた。

ミックが拒んだら腕ずくでも連れて行くつもりに違いなかったが、自分の思考を覗《のぞ》き見ると言われて素直に応じる人間などいるわけがない。

頭の中は最後に残された自分だけの世界なのに、その思考を丸裸《まるはだか》にされるのだから。

リィの気配はますます剣呑さを増している。

今ここで一暴れしてミックとヴィッキーを連れてずらかるか――と緑の瞳《ひとみ》が思案に煌《きら》めいているが、ミックはまったく別の意味で眼を輝かせていた。

身を乗り出してタッカーに質問した。

「その機械が映し出すものって、ぼくも見ることができるんですか？」

「無論だ。映像はすべて記録する」

「すごいや！　それはぜひ入れてください！」

ミックの一種異様な言動に慣れていたリィでさえ頭を抱えたのだから、他の顔ぶれは言うに及ばずだ。

シェラは険悪な眼で「この男、やはり一度殺しておいたほうが……」と物騒に呟《つぶや》き、ヴィッキーは「誰かこのおじさん何とかしてよ！」と小声で嘆《なげ》き、ルウとコール警部は眼をまん丸にしている。

ミック本人だけが至ってご機嫌だ。

「あ、でも、あんまり恥ずかしいところは困るな。子どもの頃のおねしょとか裸で走ってるところとか、宿題を忘れて立たされてる場面とかは見たくないんですけど、そういうのは避《よ》けてもらえますか？」

タッカーは顎《あご》が外れて落ちそうな顔をしていたが、かろうじて普段の表情を取り戻すことに成功した。

「…………もちろんだ」

リィはそれでもまだミックを気にしていた。

シェーカーに入るのを本人が望んでいるとしても、そこで暴かれるのはあのダイアナが眼の色を変えて欲しがるほどの技術だ。こんな連中には渡せない。

やはり止めようと思って立ち上がろうとしたが、ルウの視線に出くわして動きを止めた。

優しい眼が視線だけで大丈夫と笑いかけてくる。

リィは自分の意思以外ではこの相棒のすることを

もっとも信用していた。元通り椅子に座り直した。

武装した二人の職員も仰天《ぎょうてん》した顔つきだったが、彼らは案内役でもあるようで、ミックに、こちらへ来るようにと身振りで示してくる。

ミックはいそいそと指示に従ったが、タッカーを振り返ってちょっと心配そうに言った。

「でも、困ったな。そろそろ眠くて、横になったら寝ちゃいそうなんですけど、寝てたらまずいですか、その機械？」

「眠っていても別に問題はない。その場合はきみの夢が映像に映るかもしれないが……」

「最高だ！　自分の夢が記録媒体に残るなんて！」

ほとんど踊り出しそうな足取りでミックが部屋を出て行くと、残った顔ぶれは互いの顔を見つめ合い、その視線が一斉にタッカーに注がれた。

コール警部が淡々と言う。

「タッカーさん。失礼ですが、あなた方はずいぶん時間と予算を無駄にしたようですね」

ルウもしみじみと頷いている。

「本当に。最初から『あなたの頭の中を見たいからブレイン・シェーカーに入ってくれませんか』って堂々と玄関から訪ねていれば、あの人、二つ返事で飛びついてくれたのにね」

問題はそんな人間は普通はいないということだ。

タッカーもさすがに今のミックの態度には度肝《どぎも》を抜かれたようで、軽い放心状態に陥《おちい》っている。

その彼に、ルウが悪戯っぽく話しかけた。

「でもね、タッカーさん。残念ですけど、そっちが期待したとおりにはならないと思いますよ」

「……どういう意味だ？」

「ぼくの記憶が確かなら、あの機械は本人が忘れた記憶までは拾えないからです」

リィが眼を見張った。

視線だけで『ほんとか？』と問いかける。

ルウはそんなリィを見て、笑って頷いてみせた。

「人の頭の中なんて曖昧《あいまい》だからね。忘れてたことをある日ふっと思い出すなんていうのは珍しくない。あの機械が拾えるのはせいぜいそこまで。もともと、絶対に忘れないけど絶対に人には言えない記憶——たとえば殺人の証拠なんかを探す機械なんだから」

あくまで本人がそれを覚えていることが前提だと、ルウは説明した。

「だけど、ミックのあの口ぶりじゃあね。あの人、見事なくらい徹底的に忘れてるでしょ」

子ども三人は揃って頷き、ヴィッキーが指摘した。

「あのおじさんに忘れたふりなんか絶対無理だって。忘れたって言うんなら本当に忘れてるんだよ」

しかし、大人のタッカーは明らかにヴィッキーの言い分を信じなかった。それどころか鼻で笑った。

「きみたちにはこの技術の値打ちがわかっていない。莫大な富を産むものだ。まともな神経の持ち主なら忘れることなどあり得ない」

「その通り。まともな神経の持ち主ならな」

リィの言葉に今度はシェラとヴィッキーが頷き、ルウがますます悪戯っぽく笑って言った。

「じゃあ、賭《か》けましょうか。ミックが本当にそれを忘れてるかどうか」

すかさずリィが応じた。

「本当に忘れてるほうに一週間分の食事を賭ける」

シェラが続く。

「ではわたしは一週間、自室の掃除をしないことを賭けます」

ヴィッキーも力強く宣言した。

「ボルカン・バーを五十本賭ける」

子どもたちの様子にタッカーは余裕を取り戻して薄ら笑いを浮かべていた。子どもはこれだから——とでも言いたげな憐れみと蔑《さげす》みの笑いである。

「では、わたしは彼の嘘が暴かれるほうに一年分の給与を掛けるとしよう。分析には朝まで掛かるから今夜はゆっくりしてくれ。部屋まで案内させよう」

先程の二人とは別の、武装した職員が案内に立ち、五人は長い通路の先にある仮眠室に連れて行かれた。

狭い室内に二段ベッドが二台並んでいる。部屋の外には洗面所もシャワーもあり、一通りの身支度《みじたく》は整えられるようになっている。

警部とルウ、リィとヴィッキーで一部屋を使い、シェラは女の子（？）なので、隣の仮眠室を一人で使うことになった。

リィとヴィッキーは二段ベッドのどちらを使うか、真剣に話し合っている。

「どっちが上に寝る？」

「ヴィッキーはどっちがいいんだ？」

「上。いつも弟たちが上でさ。うるさいんだよ」

「じゃあ、おれが下の段で寝る」

コール警部は下の寝台に腰を下ろし、携帯端末を取り出してちょっと操作すると、ルウに問いかけた。

「きみの端末は通じますか？」

「いいえ、だめです。妨害されてますね」

「今夜はここから出られないようですね。明日には帰してもらえるでしょうが、問題は……」

果たして無事に帰れるかどうかだ。

子どもたちに聞かせまいとして警部はその言葉を呑み込んだが、ルウにはわかっていたのだろう。

それでいながら見惚《みほ》れるような笑顔で頷いた。

「大丈夫。明日にはみんなでここから帰れますよ」

そして朝。

端末を目覚ましにした警部は真っ先に起きあがり、顔を洗い、きちんと髭《ひげ》も剃《そ》って朝の身支度を整えた。次にあの青年が起きてきて、次が少年たち、最後にシェラが洗面所を使って、全員が一室に揃った。

ところが、ここからが恐ろしく長かった。

眼が覚めてから実に一時間が過ぎても、誰も何も言ってこないのである。ヴィッキーがぼやいた。

「このままだとお腹が空いて死ぬぞ」

人を呼ぼうにも、ここにはその手段がない。

通路の先には鍵が掛かっている。彼らは事実上、閉じこめられて自由に出て行けない状態なのだ。

二時間が過ぎる頃、ようやく職員がやってきて、一同は再びあの会議室に通されたのである。

そこにミックが合流した。見るからに寝起きで、頭はぼさぼさ、無精髭の生えた姿だ。

ただし、気分はすっきり爽快《そうかい》らしい。

「やあ、おはよう！」

脳天気なまでのその明るさが空腹時には癇《かん》に障る。

子どもたちには応える元気もなかったが、いつも穏やかなコール警部が問いかけた。

「ご自分の頭の中を覗いた気分はどうでした？」

「いや、おもしろかったですよ。貴重な体験でした。あんなのは普通、見たくても見られませんからね」

ヴィッキーが尋ねる。

「おじさん。自分の頭の中ってどんな感じ？　映画みたいにはっきり見えるの」

「いや、それがね。自分で見てもよくわからなくて、中にははっきりしてる映像もあったんだけど」

待望の食事が運ばれてきた。

卵料理、ハム、ベーコン、ソーセージ、サラダ、フレッシュジュース、紅茶、珈琲《コーヒー》、さらに数種類のデニッシュという立派な朝食である。

リィは朝から猛烈な食欲を発揮し、ヴィッキーもミックもそれに続いた。

シェラとルウ、警部は慎ましく食事をしている。

紅茶を味わって、警部は感心したように言った。

「これは美味《おい》しい。なかなかいい葉を使っています。惜しむらくは、出し加減が少々……」

「ええ。ぼくにも濃いです、これ。ちょっと時間を置きすぎたみたいですね」

「贅沢《ぜいたく》を言うなら、茶葉とお湯を別々に持ってきて欲しいところですが」

「そうしたら自分の好みに淹《い》れるんですけどね」

和やかな会話である。

食後のお茶が済み、食器がすべて下げられてから、タッカーが姿を見せた。

げっそりと憔悴《しょうすい》しきって眼は血走り、無精髭もそのままという顔を見れば、結果がどう出たかなど推測するまでもない。

ルウが笑いを嚙《か》み殺しながら言ったものだ。

「お給料一年分、こっちにくれとは言いませんけど、どこかに寄付してくださいね。あなた、自信満々で賭けに乗ったんだから」

タッカーはがしがし頭を掻《か》いて、正面のミックをものすごい眼で睨み据えた。

「きみは……どういう神経をしてるんだ？」

「えっ？　普通ですよ。健康診断も受けましたけど、問題があるなんて言われませんでしたから――」

「ふざけているのか⁉」

いいえ、至って真面目です。

これも子ども三人の心の声だ。

「きみは……自分が何を成し遂げたかその重要性を理解していないのか？」

「はい。あなたたちが何をそんなに騒いでいるのか、正直言って、よくわからないんです」

ミックは素直に頷いた。

「昨日からずっと観測機が中継点を通過したことで、ここの皆さんは大騒ぎしてるみたいですけど……」

「当然だろう。どれほどの快挙だと思うんだ」

ミックはちょっぴり苛立った様子で、タッカーに指を突き付けた。

「そこがわからないんです。中継点の観測機ですよ。いいですか？　絶対に動かれたら困るものなんです。それなのにあなたたちの話を聞いていると、何だか動かしてほしいと言ってるように聞こえるんですよ。ぼくにはさっぱりわけがわからない。――どうしてそんなことをしなきゃならないんです？」

「…………」

「…………」

「…………」

「…………」

長い長い沈黙を破ったのはヴィッキーだった。

「…………《門《ゲート》》って何って言うおじさんだもんな。

そこから教育し直さないと、どうしようもないよ」

「賛成」

「同感」

「話になりません」

「ごもっともです」

タッカーは机に突っ伏して、わなわな震えていた。

今にも崩れ落ちる寸前だったが、彼の意地なのか使命感なのか、驚異的な力で踏み止まった。

「……しかし、現実にきみの指示によって観測機は中継点を越えたのだ。無意識にしたことであっても、きみの頭脳に人類の未来に関わる大発見が収まっていることに変わりはない。そこでだ、今後はきみの自宅に人を派遣し、きみが日常、どのような指示を観測機に与えているのか、どんな指示を与えた時に共鳴装置が反応して中継点を移動するのか、厳密に調査する必要がある」

「移動した理由については位相変動数値の瞬間的な跳騰《ちょうとう》が原因だったとわかってますよ。共鳴装置の感度が高かったんで過剰《かじょう》共鳴を起こしたんです」

知りませんでした？　そんなはずないですよね？

と言わんばかりの顔つきである。

タッカーはものの見事に凍りついた。

瞬間的に生ける氷像と化した彼を尻目に、ルウが深いため息を吐く。

「低い安定度数が一時的に——瞬間的に急上昇する。《門《ゲート》》なら珍しくない現象だね」

ミックが憤然《ふんぜん》と言い返す。

「中継点でそんなことがあってもらっちゃ困るんだ。変動数値には上限があるんだよ。それを吹っ飛ばす勢いで跳ね上がってるんだ。——で、調べてみると、全然違う中継点に移動してるんだから」

あれには本当に参ったとぼやくミックを見つめて、リィが唖然《あぜん》としながら言った。

「じゃあ、それを元に戻したっていうのも……」

ルウが疲れたように笑いかけてくる。

「一度そういう動きをした《門《ゲート》》なら、この場合は中継点だけど、二度ないとは言えないよ。短い間にもう一度同じ現象が起きても不思議じゃない」

「要するに、ミックが特別なことをやったわけでも何でもなくて、たまたま中継点の状態がよくなって観測機を跳ばしたってことなのか？」

これにはミックが盛大に噛みついた。

「よくなったんじゃない。最悪になったの間違いだ。安定してない中継点なんか使えやしないんだぞ」

それはその通りである。

セントラルに急行中のダイアナがこれを知ったらどうなるかと、リィは背筋が寒くなった。ミックはそれこそ成層圏から狙撃されてもおかしくない。

それにしても、ここまで手の込んだことを企んで、この始末とは――と呆れ果てる思いだった。

他の顔ぶれもまったく同じことを感じたのだろう、再びミック以外の一同の視線がタッカーに集まった。

気の毒に（さすがにそう言わざるを得ない）彼は一瞬で十歳も老けたように見えた。

同情の顔つきでコール警部が話しかける。

「ない腹を探ろうとするのではなく、最初から彼ときちんと話し合っていれば、こんな面倒なことにはならなかったでしょうに」

燃えかすのようになっていたタッカーは、最後の気力を振り絞って、憤然と言ってのけた。

「いいや。他国に売り渡されるよりは、その技術が『存在しなかった』と明らかにされればいいのだ」

ヴィッキーが小声で呟いた。

「負け惜しみ言っちゃって……」

途端、じろりと睨まれて首をすくめる。

中学生のヴィッキーでさえ、タッカーのあまりの失態に軽蔑《けいべつ》の眼差しを向けているのに、タッカーはあくまで強がって胸を張ったのだ。

「そうとも。はっきりしたことは幸いだ。長い間、ご苦労だったが、きみたちにはこれでお帰り願おう。――ここでのことはすべて忘れてな」

言葉の意味がヴィッキーには飲み込めなかったが、

コール警部が表情を引き締め、苦い口調で言った。

「記憶消去ですか。噂《うわさ》には聞いていましたが……」

その切り札を持っていたから、タッカーは彼らをここまで連れてきて何もかも打ち明けたのだ。

「記憶を消すって……」

まだ茫然《ぼうぜん》としているヴィッキーにミックが興奮の口調で言った。

「超人英雄番組であるじゃないか。眼の前で光ると、彼らに関する記憶だけがなくなるってやつ」

「おじさん、あれはドラマだよ！」

ところが、タッカーは真顔で頷いたのだ。

「残念ながらそこまで小型化も簡略化もできないが、きみたちの三日分の記憶を消去することは可能だ」

「そんな！」

ヴィッキーは震え上がった。

頭の中を覗かれるのと同様、今ここにいることを忘れてしまう自分など想像もできなかった。

「いやだよ！　そんなの！」

「だけど、彼らが一番消したいのはきみの記憶だと思うよ、ヴィッキー」

ルウがのんびりと話しかけてきた。

「きみはミックの顔を見ている生き証人だからね。とても放ってはおけないよ。一度はエポンの警察に保護させて、なんだかんだで理由をつけてここまで連れてきて、記憶を消して帰す予定だったんだ」

リィが頷いた。

「誘拐された子どもが戻ってきたら、普通は犯人についてあれこれ訊かれるもんだ。だけど、その子は誘拐されている間の記憶を全部失っていて、犯人の顔も覚えていない。これならきれいに話が収まる」

シェラも冷ややかに続けた。

「ご両親にしてみればヴィッキーが戻ったのだから、それでよしとするでしょうしね」

「シティに入る時に認証を通らなかったわけだよ。あれを通ったら、ヴィッキーがシティに来たことが記録に残っちゃうもんね」

動揺するどころか至って平然としている三人に、タッカーは容赦《ようしゃ》なく言い渡した。

「もちろん、きみたちにも消去装置に入ってもらう。残っていても害にしかならない記憶だ。心配はない。すぐに終わるし、痛みはまったくない。抵抗しても無駄だぞ。特にそちらのきれいな子たちは護身術を囓《かじ》っているようだが、戦闘訓練を受けた職員全員を相手にはできん」

さて、それはどうだか。

リィとシェラは目配せを交わした。

試してみますか？　もう少し待て、と視線だけで会話する。

コール警部は潔く覚悟を決めたようだが、最後に痛烈な言葉を浴びせた。

「どうせ忘れてしまうなら言わせていただきますが、あなたほど無能な指揮官は見たことがありません」

ヴィッキーも——もう子どもではないのだから、ここで怯えたり泣き喚《わめ》いたりの無様な真似は彼にはできなかった。必死に言い返した。

「税金の無駄遣いだよ」

「好きに言いたまえ。わたしは国家のために最善を尽くしているだけだ」

タッカーが内線端末で部下を呼ぼうとしたその時、ルウがおもむろにタッカーに話しかけていた。

「忘れる前に、ちょっと電話したいんですけど」

「だめだ」

「掛けたいのはこの番号なんです」

構わずに言い、ルウは携帯端末を差し出した。

表示された人の名前と番号を見たタッカーの顔が微妙に変化する。

「表向きに発表されている番号じゃないってこと、あなたならわかりますよね。直通だってことも」

「………」

「ぼくが自分で掛けるのがまずいなら、あなたから連絡してくれませんか？　ルーファス・ラヴィーとヴィッキー・ヴァレンタインがここにいて、今から記憶の消去を行うところですって」

リィは油断なく戦闘準備を整えていた。

タッカーが拒否したら、もしくは笑い飛ばしたら、即座に実力行使に移るつもりだった。

タッカー自身どちらにするか相当迷ったらしいが、その心を難なく読み取って黒い天使は笑ったのだ。

「いっそ忘れさせたほうがいいとか思ってます？　でも、その機械はシェーカーと同じで、誰の記憶を消したか、全部記録を取るんじゃありませんか？」

リィが低い笑い声を洩らした。

「そこにおれたちの名前が残るわけか。おもしろい。――実におもしろいな」

シェラは黙っていたが、菫《すみれ》の瞳は嘲笑《ちょうしょう》を浮かべてタッカーを見下している。

保身のために選択すべき事柄は何か、タッカーは脂汗《あぶらあせ》を浮かべながら必死に考え、声を絞り出した。

「……ここで待っていてもらおう」

「その前に、それ、返してください」


ルウは立ち上がって携帯端末を取りに行ったが、その際、他に登録された名前もいくつか見せた。

「後、この人とか、この人、それにこの人とかもね、連絡してみるとちょっとおもしろいと思いますよ。大喜びで記憶を消せって言うんじゃないかな」

タッカーの顔を濡《ぬ》らす脂汗は尋常《じんじょう》ではなくなり、彼はまるで逃げるように部屋を出て行ったのである。

ヴィッキーとミックには何が何だかわからない。

ぽかんとルウを見つめていたが、警部は持ち前の好奇心を発揮して尋ねた。

「今のはどなたのお名前です？」

「教えません。知らないほうがいいですから」

タッカーが戻ってきたのは約三十分後だった。

彼の態度は見事なくらい豹変《ひょうへん》しており、一刻も早くこの疫病神にお引き取り願わなくては、それも何としても穏便に帰っていただかなくてはと、全身全霊で訴えていたのである。

権力で人を押さえつける人間は、逆にその権力で簡単に押さえつけられる宿命にあるのだ。

記憶の消去を持ち出したことなどすっかり忘れた様子で、恭《うやうや》しく話しかけてくる。

「失礼致しました。どうぞ、お帰りください」

コール警部は感心したような眼をルウに向けて、

ルウは微笑しながら席を立った。

「それじゃあ、これで失礼します。急いでいるのでまた特別機を出してくださいな」

「もちろん、用意させております」

リィが言った。

「それと、一つ頼みがあるんだけど」

「はい、何なりと」

「ウェブスターさんの家の鍵を壊しちゃったんだ。気づかれないように、元通りに直しておいて」

「かしこまりました。即座に取りかかります」

11

　財団本部を出た時には高々と陽が昇っていた。

　昨日は真っ赤に染まっていたぴかぴかの外壁に、今は真っ青な空と白い雲が映っている。

　開放感からか、ヴィッキーが大喜びで声を上げた。

「すごいや。みんなに話したらびっくりするぞ！」

　ルウがそんな少年を見つめて話しかける。

「ヴィッキー。きみはいくつ？」

「十三歳だよ。何で？」

「それなら、ここで見たことや聞いたことは、人に話しちゃいけないんだってこともわかるよね」

　ヴィッキーはたじろいだ。今まで女の人みたいなお兄さんとしか認識していなかった人が、明らかに違う気配を漂わせていたからだ。

「彼らは好きこのんでぼくたちを帰すわけじゃない。物忘れの機械が完成していなかったら、間違いなく皆殺しにするつもりだったよ」

「嘘だ。そんなの……」

「するよ。ここの人たちはそのくらい平気でやる。国家の利益を守るって名目で、どんなことでも」

「………」

「ヴィッキー。この後きみには監視がつく。それも一生の間。もちろん、きみはその監視に気づかない。彼らは気づかれるようなへまはしない。きみがいつ口を滑らせるか、誰かにここでのことを話さないか。彼らは決して監視の眼を緩《ゆる》めない。きみが忘れても彼らは絶対にきみを忘れない。もし一言でも誰かに話したら、彼らはすぐに行動に移るよ。そうなればきみ一人だけの問題じゃない。きみの両親や、兄弟、友達もどんなことになるかわからない」

　優しい声でこの上なく恐ろしいことを言われて、ヴィッキーは動転した。

すがりつくような眼をリィとシェラに向けたが、二人ともルウの言葉を肯定して頷《うなず》いている。

「ルーファの言うとおりだ」

「あなたが知ってしまったのはそれほど重要な国家機密なんですよ」

二人ともヴィッキーの身を案じているのだろう、気遣わしげな顔だった。

きれいなお兄さんだけが淡々と言ってくる。

「話さないでいる自信がないなら、見えない監視に耐えられる自信がないなら、ぼくからも勧めるけど、きみは今のうちに引き返して物忘れの機械に入ったほうがいい。――そうすれば彼らもきみを忘れる」

ヴィッキーは小さな声で言ったのである。

「でも、そうしたら、ヴィッキーとシェラのことも忘れちゃうんだろう？」

「忘れるだろうね。その代わり、平和に暮らせるよ。これまでと同じように、何事もなく」

少年はまだ幼い顔に精一杯難しい表情を浮かべて考えると、意を決して顔を上げたのである。

「覚えていたい」

宝石のような青い眼がじっと少年を見つめている。

「次は助けてあげられないよ。それでも？」

ヴィッキーは怯《ひる》まなかった。果敢《かかん》に頷いた。

「じゃあ、黙っているためのこつを教えてあげる。一つ『誘拐《ゆうかい》されている間はずっと眠らされてたから、犯人の顔も見てない』。二つ『あの時のことはもう思い出したくない』。誰かに突っ込んで訊《き》かれたら、これで押し通すんだ。――できる？」

「やってみる」

このやりとりを見ていたミックが首を捻《ひね》る。

「ぼくも忘れましたで通したほうがいいのかな？」

「あなたの場合はもう大人だし、何をしでかしてもまた突拍子もないことを言ってるって、周りの人は思ってくれそうだから。問題ないんじゃない？」

真理である。

コール警部が微笑してルウに頭を下げた。

「きみにお礼を言わなければなりませんね。無事に出てこられるとは思いませんでした」

「いいえ。本を正せば、エディの誘拐に警部さんを巻き込んだのが原因ですから」

「そうでした。ヴィッキーくん。ご両親に連絡して無事を知らせるべきではありませんか」

「そうだな。——ミック。貸して」

建物の外に出たので通信妨害は解除されている。

リィがミックの携帯端末で惑星ベルトランを呼び出すのを見て、コール警部が眼を見張った。

「マーガレット。おれだよ。——うん。元気だよ。誘拐は間違いだからアーサーにもそう言っといて」

短い会話を終えて、リィはその機械を返したが、コール警部はただならぬ気魄《きはく》でミックに迫ったのだ。

「オコーネルさん。お尋ねしますが、その仕組みはどうなっているのです?」

「ああ、これはですね、一度自宅につないで自宅の恒星間通信機から各地に掛けてるんです」

例によってミックの答えは無邪気《むじゃき》なものだったが、警部は厳しい表情で言い渡したのである。

「マイケル・ロス・オコーネルさん。あなたのしていることは明確な通信法違反です。後日、逮捕状を持って伺《うかが》います」

「ええっ⁉」

そんなことじゃないかと思っていたが、ミックが刑務所に送られるのは、ちょっとかわいそうだ。

リィがそう言うと、警部も賛成した。

「ぼくは判事ではありませんが、この人を刑務所に拘禁《こうきん》しても問題の解決にはなりません。それよりは社会奉仕活動に勤《いそ》しませるべきでしょう」

「でも、仕事があるんですよ!」

コール警部は厳しく宣言した。

「仕事も大事ですが、人間には他にも大切なことがあります。きみは社会常識というものを少し真剣に学ぶべきです」

涙が出るほどありがたい大人の言葉だった。

子ども三人はその言葉に賛同し、揃《そろ》って重々しく頷いたのである。

エポンに着いた時には既に夕暮れだった。

空港を出たところで彼らはそれぞれの方角に別れ、コール警部がヴィッキーを家まで送ることになった。

ヴィッキーは名残惜しそうにしていた。

リィとシェラとはたった二日、一緒にいただけだ。

それが信じられなかった。二ヶ月も前から一緒にいたような気がするし、何より別れがたかった。

「もう会えないかな？」

「当分は会わないほうがいい。――言っただろう。この後、ヴィッキーには監視がつくって」

「ご縁があればきっとまた会えます」

「そうだね」

「さよなら」

「さようなら」

別れ際、コール警部は、まだ少女の姿のシェラに、そっと囁《ささや》いた。

「純真な少年の心を弄《もてあそ》ぶのは感心しませんよ」

これは珍しくもコール警部の冗談だったのだが、シェラは大いに心外の表情で訴えたのである。

「逆ですよ。今ここでわたしが正体を明かしたら、それこそ純真な少年の心に傷がつきます」

「なるほど。そうかもしれません。男の子には夢が必要ですからね」

翌日、メイヒューの丘はよく晴れていた。

あの後、一泊して、リィは髪の色を元に戻して、あの赤いセーターを着て、やっと本来の目的である墓参りに来たのである。

シェラはカレンの墓の前に跪《ひざまず》き、明るい色合いの花束を捧げて、声を掛けた。

「お待たせしました、カレン。約束した人を連れて来ましたよ」

あなたが好きな人がどんな人か会ってみたい――彼女はそう言った。

その人はあなたの一生つきあえる友達でしょうと言ってくれた。

生きている間に会わせてあげられなかったことが本当に残念だった。

リィはそんなシェラを背後から見守っていたが、シェラに倣《なら》ってお墓に声を掛けた。

「遅くなってごめんな、カレン。ここへ来るまで、ずいぶん時間がかかったんだ」

「ええ。それもこれもみんなあの……」

「シェラ。お墓の前だぞ。恐い顔はよせよ」

ルウが思い出し笑いを浮かべた。

「強烈な人だったよね。——ああいう人がいるから世の中はおもしろいんだけど」

この言葉に二人は揃って顔をしかめたのである。

「ルーファは知らないからそう言えるんだ。あれはおもしろいなんて言葉で済まされる次元じゃない。ミックを見てると、自分はつくづく常識人だなって心の底から思い知らされたよ」

「いや、そんなことで自信を持たれても……」

曖昧《あいまい》に笑っていたルウだったが、シェラの言葉に表情が激変した。

「そうですとも。変装するのに便利だからと、この人の髪をばっさり切ればいいなんて言う人ですよ」

シェラにしてみれば信じられない一件だったので、例としてあげたのだが、黒い天使にとってはまさに起爆装置のスイッチが入った瞬間だった。

「へえ、そうなの？」

にっこりと笑う申し分のない笑顔が恐い。

これはまずい。何かとてもまずい気がする。

「ちょっとアライアに引き返そうか。彼氏とは一度、ちゃんと話をつけたほうがよさそうだからね」

「ルーファ！　待てったら！」

リィが慌《あわ》ててルウの後を追いかける。

シェラも自分の失言に焦《あせ》り、急いで後に続いたが、最後にカレンのお墓を振り返って、また来ますねと笑いかけた。

ミラ・ウェブスターは扉の前で、大きく深呼吸を繰り返した。

ミラは五十六歳。どっしりした体格の、いかにも女将《おかみ》さんという言葉が似合う女性だが、半白の髪はきれいに整えて、口紅は赤。おしゃれも忘れない。

夫の血糖値以外は恐いものはないという彼女が、今、扉の前で恐ろしい予想に身震いしていた。

十日間、自分はここを留守にした。この向こうにどれだけひどい惨状が待ち受けていようと、自分はそれと戦って勝利せねばならない。

それが自分の使命だからだ。

いざ出陣！　と意気込んで、家の扉を押し開けてミラは自分の眼を疑った。

一瞬、違う家に来たかと思った。

居間には誰もいなかったが、ミラは大きな感嘆の声を張り上げたのである。

「まあ、まあまあ！　どうしたんです、ミック！　床が見えるじゃありませんか！」

ひどい台詞だが、彼女は雇《やと》い主《ぬし》の生活無能ぶりをよく知っている。

三日も空けようものなら、家の中はまさに大混乱《カオス》、足の踏み場どころか、部屋に身体を入れることさえ困難になることも珍しくないのだ。

それが今は多少散らかってはいるものの、本来の床の部分が広く表れているではないか。

これは奇跡だ。神の御業《みわざ》とも言うべきものだ。

ミラが感慨に浸っていると、奥からその雇い主が姿を見せた。

いつも頭はぼさぼさ、無精髭だらけのだらしない恰好で、とんでもない服を着ているのに、これまた珍しいことに今日は髪も髭もさっぱりと小綺麗で、至ってまともな服を着ている。

「やあ、ウェブスターさん。お帰り。フラナガンはどうだった？」

「最高でしたよ。ホテルもお料理も！　ありがとうございました。すっかり贅沢《ぜいたく》させてもらいましたよ。——お出かけですか？」

「うん。社会奉仕活動に行くんだ。長期入院してる患者さんの話し相手をするんだよ。学校に行けない子どもたちにも勉強を教えてくる」

「おや、まあ」

　照れくさそうな笑顔で言う雇い主に、ミラは再び感心した。

　仕事はできるらしいが、あまりにも常識知らずで、この人はこんなことで大丈夫なのかと今まで何度も思ったが、こうしてあらためて見ると、顔つきまで違って見える。何があったか知らないが、短い間に雇い主にはずいぶんと心境の変化があったらしい。

　ミラは彼の母親だったらそうするであろう満面の笑みを浮かべて、太鼓判を押すように頷いた。

「珍しくいいことですよ。あなたは少し外の世界を知るべきです」

あとがき

最近、物忘れが激しくなったようで困っています。

もともと記憶力に自信があるほうではないのに、最近は特にひどいです。

先日もそうでした。たった今、冷蔵庫から出して、流しの横に確かに置いたはずの缶が、ちょっと眼を離したら、もうどこにもない。影も形も見あたらない。

缶が一人で歩くはずもなしと、あちこち探し回ってみても見つからない。

変だなあと思いながらも、仕方なく諦めて、飲み物抜きで仕事に戻ろうとしたところ、パソコンの載った仕事机に、持って来る予定だったその缶がちゃんと置かれている。

いやもう、その時の気分と言ったら……。

幽霊でも見たようなというか、本当にぞっとしました。

こいつまさか瞬間移動してここまで来たのかと疑いましたが、もちろん、そんなはずはありません。自分の手で摑んで、自分で持って来たに違いないんです。

それなのに、一番最近のはずのその記憶がない。

いくら考えても、冷蔵庫から出して流しの横に置いた記憶が最新です。

問題はその後なのに、仕事机まで持って行った記憶がどうしても出てこない。

他にも、確かに手に持っていたはずの鋏がいつの間にかない。

自分で自分の手を見て『えっ？』と叫ぶのは、なかなかに情けないです。

二十年ぶりに本の山の中から大好きだったしおりが見つかって（二十年もよく捨てずに埋まっていたもんですが）大いに喜び、今度こそ見失わないようにしようと思った矢先、そのしおりをもうどの本に挟んだのか思い出せない。

忘却というよりは記憶の欠落？

このままでは人として危ないんじゃないかと、真剣に心配してます。


今回もなかなかタイトルが決まりませんでしたが、サブタイトルをつけるとするなら、ずばり『×××の馬鹿』。もしくは『史上最強の人外生物』。

こんなにわけのわからない人は初めてです。なんてはた迷惑なと思いながら、とにかく書き続け、終わってみれば何ということでしょう。

完全に主役を乗っ取られました（笑）。

茅田砂胡

ご感想・ご意見をお寄せください。

イラストの投稿も受け付けております。

なお、投稿作品をお送りいただく際には、編集部
(tel:03-3563-3692、e-mail:mail@c-novels.com)

まで、事前に必ずご連絡ください。

〒104-8320　東京都中央区京橋2-8-7
中央公論新社　C★NOVELS編集部

C★NOVELS Fantasia

逆転《ぎゃくてん》のクレヴァス
――クラッシュ・ブレイズ

2009年7月25日　初版発行

著　者　茅《かや》田《た》砂《すな》胡《こ》

発行者　浅海　保

発行所　中央公論新社
〒104-8320　東京都中央区京橋2-8-7
電話　販売 03-3563-1431　編集 03-3563-3692
URL http://www.chuko.co.jp/

印　刷　三晃印刷（本文）
大熊整美堂（カバー・表紙）

製　本　小泉製本

Published by CHUOKORON-SHINSHA, INC.
Printed in Japan　ISBN978-4-12-501080-9 C0293

応募規定

❶プリントアウトした原稿＋あらすじ、❷エントリーシート、❸テキストデータを同封し、お送りください。

❶プリントアウトした原稿＋あらすじ
「原稿」は必ずワープロ原稿で、40字×40行を1枚とし、90枚以上120枚まで。別途「あらすじ（800字以内）」を付けてください。

※プリントアウトには通しナンバーを付け、縦書き、A4普通紙に印字のこと。感熱紙での印字、手書きの原稿はお断りいたします。

❷エントリーシート
C★NOVELS公式サイト[http://www.c-novels.com/]内の「C★NOVELS大賞」ページよりダウンロードし、必要事項を記入のこと。

※❶と❷は、右肩をクリップなどで綴じてください。

❸テキストデータ
メディアは、FDまたはCD-ROM。ラベルに筆名・本名・タイトルを明記すること。必ず「テキスト形式」で、以下のデータを揃えてください。
ⓐ原稿、あらすじ等、❶でプリントアウトしたものすべて
ⓑエントリーシートに記入した要素

応募資格

性別、年齢、プロ・アマを問いません。

選考及び発表

C★NOVELSファンタジア編集部で選考を行ない、大賞及び優秀作品を決定。2010年2月中旬に、C★NOVELS公式サイト、メールマガジン、折り込みチラシ等で発表する予定です。

注意事項

- 複数作品での応募可。ただし、1作品ずつ別送のこと。
- 応募作品は返却しません。選考に関する問い合わせには応じられません。
- 同じ作品の他の小説賞への二重応募は認めません。
- 未発表作品に限ります。ただし、営利を目的とせず運営される個人のウエブサイトやメールマガジン、同人誌等での作品掲載は、未発表とみなし、応募を受け付けます（掲載したサイト名、同人誌名等を明記のこと）。
- 入選作の出版権、映像化権、電子出版権、および二次使用権など、発生する全ての権利は中央公論新社に帰属します。
- ご提供いただいた個人情報は、賞選考に関わる業務以外には使用いたしません。

締切

2009年9月30日（当日消印有効）

あて先

〒104-8320　東京都中央区京橋2-8-7
中央公論新社『第6回C★NOVELS大賞』係

（2008年10月改訂）

主催・C★NOVELSファンタジア編集部